Daniel Kehlmann

Ich und Kaminski

我与卡明斯基

【德】 丹尼尔·凯尔曼 著

赵兴辰 译

上海译文出版社

"我的确是独一无二的存在。难道我不是在任何地方都倍受欢迎？难道那些最显赫的人物没有对我青睐有加？我高贵的灵魂始终展现出我博览般的智识、无所不及的念头、独创的幽默与言辞；为此，我相信，我对人性有着卓越的见解。"

詹姆斯·鲍斯威尔[1]：《日记》，1764 年 12 月 29 日

1

我醒了，检票员正在敲包厢的门。才刚过六点，半小时后我们就要到目的地了。我听见什么了吗？是啊，我喃喃自语，是听见了。我费劲地坐了起来。原本我横躺在三张椅子上，这节包厢里只有我自己。我的后背酸痛得厉害，脖子也感到僵硬。先前的梦里一直是火车隆隆的行驶声，掺杂了一些走廊上的动静和不知哪处的站台广播。我一再从不愉快的梦中惊醒。有一回有人边咳嗽边从外面撞开了包厢门，我不得不赶紧起身去把门关上。我揉了揉眼睛，向窗外望去：下雨了。我穿好鞋，从箱子里拿出老旧的剃须刀，打着哈欠往外走去。

一张没有血色的脸从厕所的镜子里凝视着我，头发凌乱不堪，面颊上还印着坐垫的花纹。我给剃须刀插上电，没反应。我打开门，看见检票员还在车厢的另一端，大声喊道，我需要帮助。

他走过来，带着若有若无的微笑瞟了我一眼。剃须刀，我说，毫无反应，显然是插座没电。当然有电，他回答。没有，我说。当然有，他说。没有！他耸耸肩，表示也许是线路出了故障，他无能为力。但这是最起码的啊，我说，解决这种问题简直是对一个检票员最低的期望了！不是检票员，他说，是列车乘务员。我表示对我而言都无所谓。他问我这话什么意思。无所谓，我说，这种多余的工作随便怎么叫都无所谓。他不许我这样侮蔑他，警告我小心一点，不然他会甩我耳光。他最好真的敢动手试试，我说，反正我一定要去投诉的，他得把名字告诉我。他说他可不这么想，还说我很臭，而且快秃了。然后他转过身，骂骂咧咧地走了。

我关上厕所的门，望着镜子发愁。镜子里的人显然不是秃头。真是怪了，那个白痴是怎么看出来的。我洗了把脸，走回包厢，穿好夹克。外面的铁轨越来越密，电线杆和线缆彼此交错，火车在减速，已经能看到站台了：广告板，电话亭，拖着行李的人们。火车刹车，然后停住。

我沿着走廊往车门的方向挪动。一个男人挤过来，故意碰到了我，我使劲把他撞到边上。检票员站在站台上，我把行李箱往下递。他接过箱子，瞧了瞧我，咧开嘴笑笑，然后任凭箱子"嘭"的一声跌落在沥青地上。"不好意思咯！"他嬉皮笑脸地说。我下了车，拿起箱子径直走了。

我向一个穿制服的人询问怎么转车。他打量了我好一会儿，然后拿出皱巴巴的小簿子，不慌不忙地伸出食指在舌头上沾了一下，开始翻找起来。

"您没有电脑吗？"

他疑惑地盯着我。

"这无所谓，"我说，"您接着找。"

他翻啊翻啊，叹了口气，继续翻着。"城际特快，六点三十五分的，八号站台。然后换乘……"

我快步向前走去，没时间听他絮絮叨叨。我感到步履沉重，毕竟我根本不习惯这么早起来。八号站台停靠着我要坐的那列火车。我上了车，走进车厢，挤开一个胖女人，在最后一个靠窗的位置放好行李，这才一下子坐了下来。几分钟后，火车开动。

一个打着领带的瘦削的男人坐在我对面。我向他点点头，他也礼貌回应，随即眼神就往别处溜去。我打开行李，拿出笔记本，放在我们中间狭小的桌面上。我差点把他的书推下去，幸亏他及时接住。我得抓紧时间了，这篇稿子三天前就该写好的。

汉斯·巴林，我写道，通过他数次……这样写不
屡屡企图通过对重要人物，不对，社会名流，更不
再想想……历史性人物，嗯对，经过粗劣调查
让我们感到乏味透顶，就这样，现在他又要故
他新出版的这本艺术家，不，画家乔治·布
的传记，即便被称为失败之作都已经算是一种赞
而且是过誉，此书……我把铅笔抵在唇间。下面
重点了。我想象着巴林的那副嘴脸，一边看着自
稿子，没有丝毫灵感。真是没什么意思。写这篇文
章比我设想得还要无趣。

或许是我太疲惫了。我揉着下巴，胡茬扎得人不舒
服，必须要刮胡子了。我放下铅笔，把头靠在车窗上。
外面下起了雨。雨逆着火车行驶的方向飘打在玻璃上。
我眨了眨眼睛，雨越来越大，溅开的雨滴中幻化出面
孔、眼睛和嘴巴，我闭上眼，听着哗啦哗啦的雨声，不
知不觉间打起了瞌睡：有一瞬间不知自己身在何处，只

---

[1]　乔治·布拉克（Georges Braque，1882—1963），法国画家，立体派代表
人物。

觉得是在一处宽阔而空荡的域间游移。我睁开眼睛，雨水像一层膜似的贴着窗面流动，滂沱大雨中树木被压得垂头丧气。我合上笔记本，放回行李箱里，忽然发现对面的人在看的正是汉斯·巴林所著的《毕加索最后的岁月》。这让我很不爽，仿佛遭人奚落了一番。

"天气太差了！"我说。

他过了一会儿才抬起头。

"这书不怎么样，对吧？"我指了指巴林那本烂书。

"我觉得很有意思！"他说。

"因为您不是专家。"

"是这样啊。"他边说边翻页。

我枕在靠垫上，昨晚的夜车让我背痛到现在。我拿出烟。雨势渐歇，轻雾中第一次浮现出了山峰。我用嘴唇从烟盒中叼了一根烟，弹开打火机，卡明斯基的那幅《火与镜：静物》突然闪进脑海，丰富的明亮色调交织成一种混合体，从中升腾起一簇跳跃的火焰，仿佛要从画布上喷薄而出。是哪一年的作品呢？不知道。我最好赶紧准备一下。

"这是禁烟车厢。"

"什么？"

对面的人都没抬眼看我一下，指了指车窗上的警告标志。

"就吸几口！"

"这是禁烟车厢。"他重复了一遍。

我随手把烟扔在地上，用力踩灭，气得咬牙切齿。那好，既然他这样，我也不会再跟他说话了。我拿出康梅纽的《注解卡明斯基》，一本印刷粗劣的口袋书，附着一大堆令人生厌的注释。雨已经停了，云缝中透出几丝蓝天。我依然十分疲惫。但不能睡着，我一会儿要下车了。

没过多久，我嘴上叼着烟，手里拿着还在冒热气的咖啡，冷得瑟瑟发抖，穿过火车站大厅。到了厕所，我给剃须刀插上电，没反应。竟然这里也没电。一家书店门前的旋转刊架上摆满了口袋书：巴林的《伦勃朗》，巴林的《毕加索》，当然，橱窗里还有硬面精装本的《乔治·布拉克或立方体的发现》。我走进一家药店买了两把一次性刮胡刀和一罐泡沫剃须膏。区间列车几乎无人搭乘，我把自己惬意地嵌进了绵软的座位里，随即闭起眼睛。

醒来时，我发现对面坐了一个年轻女子，红发，丰盈的双唇，一双纤细修长的手。我打量着她，她却好像一副没注意到的样子。我等待着，在她与我眼神交汇的瞬间，我立刻对她微笑。她转头望向窗外，猛然间却开始心神不宁地把头发往后拨拉，丝毫掩饰不了自己的紧张。我继续边看着她边微笑。几分钟以后她站起来，抓起皮包，离开了车厢。

蠢女人，我心想。也许她现在在餐车的某个角落等着我，我可不管，我根本不想站起来。空气很闷，薄雾缭绕中山峦忽远忽近，岩壁上轻悬着稀薄的浮云，村落在眼前飞逝，教堂、墓地、工厂，摩托车沿着乡间小路徐徐而过，然后又是草地、森林、草地，一群身着工装的人往路面上铺冒烟的沥青。火车停住，我下了车。

只有一个站台，弧形的屋檐，一间挂着百叶窗的小房子，以及一个留着髭须的铁道员。我问他我的车次，他说了些什么话，但我听不懂方言。我又问了一次，他尽量重复解释了一遍，我们无可奈何地看着彼此。随后他引我走到火车时刻表的黑板前。显然，我刚错过一班车，下一班则是一个小时以后了。

我是车站餐厅里唯一一位顾客。要去上面那边？还有好长一段路呢，老板娘说。她问我是不是要去那儿度假。

恰恰相反，我回答，我要去那儿拜访曼努埃尔·卡明斯基。

现在不是最佳季节，她说，不过我会遇上几天好天气的。这点她能向我保证。

我要去拜访曼努埃尔·卡明斯基，我又重复了一遍。曼努埃尔·卡明斯基！

她并不认识，她说，肯定不是本地人吧。

我告诉她，卡明斯基已经在这里住了二十五年了。

那就对了，不是本地人嘛，她说，她早就知道。厨房的门突然打开，一个肥胖的男人端出一碗浮着油光的汤，放在我面前。我有些担心地看着这碗汤，喝了一小口，然后我对老板娘说，这里风光真好。她骄傲地咧开嘴笑了。在乡下，置身在大自然中，甚至是这里，在这个火车站里，远离一切，跟普普通通的人打交道。

她问我，我说的是什么意思。

就是不必跟知识分子混在一起，我解释道，那些顶着大学文凭整天装腔作势说大话的人。在这里只会碰到依然亲近着动物、大地和山川的人。他们早睡早起，过好日子就行，不必费脑筋思考。

她皱起眉头瞥了我一眼就走开了。我把饭钱算好放在桌上，走进干干净净的厕所，开始刮胡子。这件事我向来是不太在行的，泡沫里逐渐混入了血迹，我用清水冲掉泡沫，几道深色的刮痕出现在我这张突然泛红的光洁的脸上。秃头？不可理喻，他到底是怎么想的！我用力甩甩头，镜子里的另一个我也做着同样的动作。

这辆列车很短，小小的火车头后面只有两节车厢，木头椅子，没有行李架。车上有两个身着宽大工作服的男人和一位老妪。他们一直盯着我，说些我听不懂的话，然后两个工装男人哈哈大笑起来，火车离开了车站。

山路很陡。地心引力将我牢牢抵在椅背上。火车大转弯时，我的箱子倒了，两名男子中的一个笑出声来，我愤怒地瞪了他一眼。而后还是一个转弯，紧接着又来一个，我感到头晕。身旁突然有条峡谷豁然开朗，摇曳着奇异蓟类植物的草坡蜿蜒倾泻而下，底部是爪状的针叶林。火车穿过隧道，峡谷转换到了我们右侧，再过一条隧道，又回到了左边。空气里满是牛粪味。闷闷的压

9

迫感塞住了我的耳朵，我咽了一下口水，不舒服的感觉消失了，但过了几分钟又好像塞住了一样，而且一直持续着。再后来就看不到树林了，只有环绕的高山牧场，以及对面斜坡外山峦叠起的轮廓。再一个大转弯之后，火车停了，我的行李箱最后一次倒下。

我跳下车，点燃一根烟。眩晕感渐渐消失。火车站后面是一条村路，几步之遥有幢两层楼的建筑，斑驳的木头大门和转开的百叶窗：美景旅馆，早餐，美食。一颗麋鹿的头颅从窗户里幽幽地望着我。没办法，我已经订好房了，其他地方都太贵。

接待柜台后面站着一位高个子女人，头发高高挽起。她特意把话说得很慢，很使劲，即使这样我还是得凝神细听上一会儿才能懂。有只毛乱蓬蓬的狗在地上嗅来嗅去。"请把行李箱放到我房间，"我说，"我还额外需要一个枕头、一床被子。纸张！很多纸张！另外，从这儿去卡明斯基先生家怎么走？"

她把肥厚的双手往柜台上一搭，盯着我看。炸毛狗好像有了什么新发现，发出吵闹的啃咬声。

"他在等我，"我说，"我不是来观光的游客，我是他的传记作者。"

她做出一副若有所思的样子。狗鼻子凑到了我的鞋上。我努力克制住自己想要踹它一脚的冲动。

"那个房子后面，"她说，"沿那条路往上走。半小时吧，看到带尖塔的房子就是了。雨果！"

我愣了一下才反应过来，她是在叫狗的名字。"常有人来打听他吧？"

"谁？"

"我也不知道。游客啊，仰慕者啊，诸如此类。"

她耸耸肩。

"您到底知不知道他是谁啊？"

她没反应了。雨果哼哼着，有什么东西从它嘴里掉了出来，我尽量让自己不要去看。一辆拖拉机轰鸣着开过窗前。我向她道谢之后走了出去。

路从主广场的前半部分向上蜿蜒，从几幢房子边上绕了两圈，又从一片土黄色的碎石地中穿过。我深吸一口气，向前走去。

情况似乎比我想象的还要糟糕。没走几步路衬衫就粘在了我的身上。草地灼热到要冒烟，烈日高悬，搞得我满头大汗。我气喘吁吁地停下步伐，才刚刚过了两道弯而已。

我脱下夹克，披在肩上。夹克滑落，于是我用袖子把它绑在屁股上。抹掉就快滴进眼睛的汗珠，我继续走过两个转弯，感觉真得歇一歇了。

我就地坐下。有只蚊子嗡嗡作响，声音很响，持续围绕在耳边。几秒后脸颊上开始发痒，草地上的潮气浸湿了裤子，我站了起来。

爬山最重要的是必须找到步调和呼吸间的准确节奏。但我就是找不到，我得不断停下来休息，很快就全身都湿透了，呼吸急促，发丝黏糊糊地贴在脸上。轰鸣声突然响起，我惊慌地蹿到路边，一台拖拉机从我身旁开过。驾驶座上的男子面无表情地看着我，头随着发动机的震颤而晃动。

"方便搭个车吗？"我大声喊。他压根没理我。我试着追在后面，差一点就要跳上车了，但还是摔了下来。追不上了。只能眼看着他越开越远，身影越来越小，消失在下一个转弯的路口。空气里的柴油味却久久没有散去。

半小时后我站在高处，呼吸艰难，神情恍惚，紧挨着一根树干。回头望去，只见斜坡迅速沉向深处，而天空正在急速向上蹿升，我感到一阵头晕目眩，紧紧依靠着树干，直等到眩晕感终于慢慢过去。脚边杂草稀稀落落，地上有些石子。面前的小路蜿蜒而下。我战战兢兢地沿着小路走，十分钟后走到了一处徐徐向南延伸的岩石盆地，上面伫立着三幢房子，有一片停车场，以及一条通向谷底的柏油马路。

真的，一条宽阔的、柏油铺就的大路！而我竟然选了那条崎岖难行的小道，多绕了一大圈。我本来明明可以搭计程车上来的。我记恨起老板娘，她以后会为此感到抱歉的！停车场上，我一辆辆数过来，一共九辆车。第一个门牌上写着"克鲁尔"，第二个门牌是"君策博士"，第三个，"卡明斯基"。我盯着它看了一会儿。必须让自己相信，他真的住在这里。

这幢房子很大，但不好看。两层楼，有个耸起的装饰性尖塔，对青年风格建筑[1]的拙劣模仿。花园门前停着一辆灰色宝马，我羡慕地望着，这样的好车我也想开上一次啊！我把头发往后撩，穿上夹克，摸摸脸上的疤痕。日暮低垂，面前草地上的影子被拖得细细长长。我按了门铃。

---

[1] 青年风格建筑是新艺术运动在德国发展的分支，于 1891 年至 1905 年间在欧洲兴起，因慕尼黑《青年杂志》而得名，其旨在反对普鲁士建国时期的学院派精神，打破因袭传统的格式。

2

　　脚步声靠近，钥匙转动，门突然被拉开，一个女人系着脏兮兮的围裙，面露困惑地打量着我。我告知姓名，她点点头，关上了门。

　　正当我打算再按一次门铃的时候，门又开了。来的是另一个女人，四十多岁的样子，高挑，瘦削，一头黑发，一双极似亚洲人的细长眼睛。我报上名字，她做了个手势请我进去。"我们还以为你后天才到呢！"

　　"是我提前到了。"我随她穿过一段空空的走廊，尽头有扇敞开的门，里面传出此起彼伏的交谈声。"希望我没给你添什么麻烦。"我故意给她机会，让她向我保证我肯定没有给她添麻烦，但她不说。"你应该告诉我有条马路可以通到这儿的！我是沿着山里的小路爬上来的，也许会摔得很惨呢。您是他女儿吧？"

　　"米莉娅姆·卡明斯基。"她冷漠地回答，同时推开了另外一扇门。"请在这里稍等！"

我走进去，一张沙发，两把椅子，窗台上有个收音机，墙上挂着一幅暮色山间的风景油画。应该是卡明斯基中期的作品吧，五十年代初。暖气上方的墙面被熏出了一片烟色，天花板上荡着几条落满灰的蜘蛛网，在悄无声息的风中轻轻摇晃。我正想坐下，米莉娅姆和她父亲走了进来，我立刻就认出他来了。

我完全没想到，他竟是如此矮小，如此不起眼，何况还身形臃肿，与以往照片中清瘦的形象相去甚远。他身着一件毛衣，戴着黑色镜片的不透明的眼镜，一只手搭着米莉娅姆的手臂，一只手拄着白色拐杖。肤色很黑，布满皮革似的皱纹，干瘪的脸垮了下来，双手显得特别大，头发凌乱地炸开着。他穿了一条都快要磨破的灯芯绒裤子，一双球鞋，右脚的鞋带没系，拖在地上。米莉娅姆把他扶到椅子旁，他摸索着把手坐了下来。她站在一旁，仔细盯着我看。

"您叫策尔纳。"他说。

我有些迟疑，这话好像不是个问句，我必须克服掉这毫无缘由的一阵胆怯。我伸出手，马上遇见了米莉娅姆的目光，又把手收了回来。显然，一个愚蠢的错误！

我清了清嗓子。"塞巴斯蒂安·策尔纳。"

"我们在等您。"

这是在问我吗?"如果您方便的话,"我说,"我们可以马上开始。准备工作我都做好了。"真的,我已经奔波近两周了。我可从来没为了哪件事情投入过这么多精力。"您肯定会惊讶的,我找到了好多您的旧识。"

"准备工作……"他喃喃地重复着,"旧识。"

我心底有些不安。他到底听不听得懂我在说什么?他动了动下巴,头转向一边,目光仿佛越过我望向墙上那幅画。当然,这是我的错觉。我看着米莉娅姆,露出求助的神情。

"我父亲的旧识并不多。"

"也没那么少吧,"我说,"只说在巴黎……"

"抱歉,"卡明斯基说,"我刚刚才起床。我花了两个小时努力让自己睡着,后来只好吃了一粒安眠药,接着就起来了。现在我需要咖啡。"

"你不能喝咖啡。"米莉娅姆说。

"起床前吃一粒安眠药?"我问。

"我总是撑到最后的,为了只靠自己就把事情搞定。您是我的传记作家？"

"我是记者，"我连忙答道，"我为很多家重要报纸撰稿。目前正着手为您写传记。还有一些问题要请教您，如果让我来安排的话，我们明天就可以开始。"

"是要写文章？"他抬起那双硕大的手搓了搓脸，下颌轻动。"明天吗？"

"您的工作主要是和我进行，"米莉娅姆说，"他需要安静。"

"我不需要安静。"卡明斯基说。

她用另一只手搭住他的另一边肩膀，从他头顶上方冲我微笑，"医生可不这么想。"

"任何帮助我都会十分感谢的，"我谨慎地说，"不过，您父亲肯定是我最重要的谈话对象，他是万众瞩目的焦点。"

"我是万众瞩目的焦点。"他嘟囔着。

我揉了揉太阳穴。事情进展得不太理想。安静？我也需要安静的，每个人都需要安静啊。简直可笑！"我是您父亲最坚定的追随者，他的画改写了艺术……我就是这么认为的。"

"别胡扯了。"卡明斯基说。

我开始冒汗了。那确实是胡扯的，但我还没遇到过哪位艺术家是不相信这句恭维的。"我发誓，"我把手放在胸口，才想起来这个举动对他而言毫无意义，又赶紧放下。"没有比塞巴斯蒂安·策尔纳更崇拜您的人了！"

"谁？"

"我啊！"

"是这样啊。"他抬起头又垂下。一瞬间我竟误以为他看了我一眼。

"我们很高兴能由您来完成这项工作，"米莉娅姆说，"之前有好多人来自荐，但是……"

"哪有那么多人。"卡明斯基说。

"……您的出版人十分推崇您，对您评价很高。"

这点我是绝对不相信的。我只在克努特·梅格巴赫的办公室和他碰过一次面。他忙得焦头烂额，不停地走动，一只手从书架上抽书出来，随后再塞回去，另一只手在裤子口袋里丁丁当当地摆弄零钱。我跟他谈起即将复兴的卡明斯基浪潮：许多相关的博士论文正在撰写，蓬皮杜艺术中心打算办他的特展，他的回忆更是充满了文献价值，千万别忘了他曾经见证过什么，又与谁过从交往。马蒂斯[1]是他的老师，毕加索是他的朋友，大诗人理查德·雷明是他的继父。我向他表示，我和卡明斯基很熟，算得上是好朋友，要是他接受我的采访，肯定会坦诚地与我实话实说。不过现在还有那么一点不足，要是能够实现的话，所有关注就会立刻聚焦到他身上，不仅报纸杂志会报道，他的画也会马上价值飙升，传记必将畅销。"是什么？"梅格巴赫问，"还缺什么？""当然是他死掉。"梅格巴赫又来回走动了一会儿，沉思着。他忽然停了下来，朝我微笑并点头。

"很荣幸他如此肯定我，"我说，"克努特和我是老朋友了。"

"您叫什么来着？"卡明斯基问。

"我们需要先声明一些事情，"米莉娅姆说，"我们希望……"

我的手机突然响了，打断了她的话。我从裤子口袋里掏出手机，瞄了一眼来电显示，将它关上。

"那是什么？"卡明斯基问。

"我们想请您把要公开发表的东西先全部给我们过

---

[1] 亨利·马蒂斯（Henri Matisse，1869—1954），法国画家，野兽派创始人。

目。权当是对我们尽心配合的回馈。您同意吗？"

我直视着她的眼睛。原以为她的目光会有所闪避，没想到她径直瞪了回来。反而让我低头去看地板，盯着自己脏兮兮的鞋子。"当然可以。"

"至于他以前认识的那些人，您根本不需要接触。您已经有我们了。"

"明白了。"我说。

"明天我有事要出门，"她说，"后天我们就可以开始了。您直接问我，必要时我会去问他的。"

我沉默了几秒。听着卡明斯基鸣笛般呼呼的鼾声。他嘴唇微动，发出咀嚼声。米莉娅姆看着我。

"好的。"我说。

卡明斯基向前弯下身子，并且咳嗽起来，肩膀颤抖，用手捂着嘴巴，整张脸涨得通红。我尽力克制自己不去伸手拍拍他的肩膀。咳完后他目光僵直地坐着，仿佛被掏空了一样。

"那就都说清楚了，"米莉娅姆说，"您住在村子里吗？"

"对，"我尽量回答得含糊，"在村子里。"她是想让我留宿吗？可真会摆姿态。

"那好，我们得回去陪客人了。后天见。"

"您有客人在？"

"几个邻居和我们的画廊主。您认识他？"

"我上周才和他聊过。"

"我们会代您问候他的。"她说。我有种感觉，她心里在盘算些别的什么。她很用力地跟我握手道别，扶父亲起身，两个人慢慢往门外走去。

"策尔纳。"卡明斯基突然停下。"您几岁了？"

"三十一。"

"您为什么这么做？"

"什么？"

"当记者。给报纸写稿子。您想要什么？"

"我觉得很有趣！可以学到很多，投身于很多……"

他摇摇头。

"我没想过要什么别的！"

他不耐烦地用拐杖杵了一下地板。

"我也不知道，我……就这么入了这一行了。再之前我在一家广告公司工作。"

"所以呢？"

这语气听起来有点奇怪。我看着他，试着去揣摩他的意思。他的头却垂得很低，几乎落在胸前，且面无表情。米莉娅姆扶着他往外走，我听着他们的脚步声渐行渐远。

我坐在老人刚刚坐过的椅子上。阳光从窗外斜照进室内，光线中浮着银色的尘埃。住在这儿肯定不错。我开始想象：米莉娅姆差不多比我大十五岁，但这点我能接受，她看起来还是很漂亮的。他活不了多久了，这座房子、他的财产，当然还有他的一些画作，都会留给我们。我会住在这里，管理他的遗产，说不定再建立一家美术馆。我终于能有时间去创作伟大的作品，写一本厚厚的大部头。其实也不必太厚，刚好足够被书店归在长篇小说一类就行。封面上或许可以配一幅我岳父的画。不过古典主义作品似乎更好。维米尔[1]怎么样？书名字体要加黑。线装本。重磅纸。凭我的人脉搞定几篇说好话的书评不成问题。我甩甩头，起身走向外面。

走廊尽头的门已经关上了，但依然能听到里面的交谈声。我把夹克扣好。现在得果断一点，拿出老练的社

---

[1] 约翰内斯·维米尔（Johannes Vermeer, 1632—1675），荷兰黄金时代（Dutch Golden Age）代表画家之一。

交手段。我清了一下嗓子，快步走了进去。

房间很大，有张摆满餐具的桌子，墙上挂着两幅卡明斯基的画：一幅是彻底的抽象主义作品，一幅则是朦胧的城市街景。桌边与窗边围着几个手持酒杯的人。我一踏进室内，顿时就鸦雀无声了。

"各位好！"我说，"我是塞巴斯蒂安·策尔纳。"

僵局很快被打破。我清晰地感到凝固的气氛渐渐溶解。我走过去与他们一个个握手。其中两位男士年纪较长，一位显然是村里的重要人物，另一位是来自首都的银行家。卡明斯基嘴里嘟嘟囔囔地念叨着什么，米莉娅姆则十分震惊地看着我，似乎想开口跟我说什么，最后还是打住了。一对高贵的英国夫妇向我自我介绍，他们是克鲁尔先生与夫人，隔壁邻居。"您就是那位作家吗？"我问。"我猜正是。"他回答。在场的还有画廊主博戈维奇，十天前我刚和他交谈过。他与我握手，看着我的眼神有些意味深长。

"我知道您的书快要出版了，"我对克鲁尔先生说，"书名叫什么？"

他看了妻子一眼。"《伪造者的恐惧》。"

"太棒了！"我边说边用力拍了一下他的肩膀。"寄一本给我，我会写书评的！"[1]我冲博戈维奇笑了笑，他却不知为何装作不记得我的样子。随后我走向餐桌，女管家眉毛挑得很高，特别为我摆上餐具。"请给我一杯酒好吗？"米莉娅姆对博戈维奇低语着什么，他皱起眉，她则摇了摇头。

我们入席就座。前菜是一道非常难喝的苹果黄瓜汤。"安娜在帮我节食方面是专家！"卡明斯基说。我开始了关于这趟旅程的高谈阔论，从今天早上那个无耻的检票员，讲到之后那个什么都不懂的铁道员，以及无法预料的多变天气。

"雨是时下时停的，"博戈维奇说，"一贯如此。"

"像在搞演习。"克鲁尔说。

接着我继续讲到旅馆的老板娘，她真的不知道谁是卡明斯基。想象得到吗？！我用力拍了下桌面，所有杯子为之一颤，我的热情果然很有感染力。博戈维奇前后摇晃着椅子，银行家在和米莉娅姆低声交谈，我故意提高音量，他才终于闭嘴。安娜端上来豌豆和玉米蛋糕，很干，几乎无法下咽，显然这就是主菜了。佐餐的白葡

---

[1] 上述这段对话原文为英语。

萄酒难喝至极。在我印象里还从来没吃过这么难吃的饭。

"罗伯特，"卡明斯基说，"跟我们讲讲你的小说呗！"

"我不会称之为小说的，它是一部温和的惊悚片，写给那些未经损害的灵魂。讲一个男人意外找到，是在非常偶然的情况下，找到了很久以前离开他的那个女人……"[1]

我开始讲述自己是怎样艰难地爬上山来，模仿起开拖拉机的人和他的表情，还做出了发动机震动使他不停点头的样子。我的表演带来了一阵欢乐。我继续讲自己怎么到了上面，如何震惊于发现了那条柏油马路，以及一家家看过来的信箱。"想想看！君策！这是什么鬼名字！"

"这有什么奇怪的吗？"银行家问。

"您刚才也听到了呀，怎么会有人叫这种名字的！"接着我描述起了安娜帮我开门。与此同时，她突然就端着甜点进来了，我当然吓了一跳，但直觉告诉我，要是

----

[1] 上述对话原文为英语。

25

这时候把嘴闭上，肯定是个大错。我学起了她当时直瞪瞪的神情，又模仿她如何在我面前把门关上。我很清楚，被模仿的人通常都是最后一个才察觉的。果然，她重重地放下托盘，把桌上的东西震得丁零当啷，然后走了出去。博戈维奇望着窗外出神，银行家闭着眼睛，克鲁尔不停揉搓着面孔。沉默之中卡明斯基的咀嚼声越发响亮。

甜点，一道过分甜腻的奶油巧克力。享用甜点时，我跟大家聊我写过的一篇报道，关于死时引起过轰动的艺术家韦尼克。"你们都听说过韦尼克吧？"奇怪，竟然没人知道。我描述起他的遗孀怎么样用盘子扔向我。就这么扔过来的，在她家客厅，砸中了我的肩膀，特别特别疼。这些夫人们，我解释道，简直是每个传记作家的噩梦，我乐意接下此番工作也有此原因——没有"夫人"的干扰……但是千万别误会我的意思！

卡明斯基挥挥手，大家像是接到指令般地纷纷起身。我们转移到了阳台上。太阳落至地平线，山坡在余晖之中一片深红。"太美了！"克鲁尔夫人感叹道。她丈夫伸出手，温柔地揽过她的肩膀。我将杯中的酒一饮而尽，向四周张望，看看有没有人来帮我添上。我感觉自已疲惫到浑身瘫软。现在差不多该走了，回去还得把前两周的采访内容再听一遍。但我没什么兴致了。也许他们会留我在山上过夜。我站到米莉娅姆的身侧，吸了一口气。"香奈儿？"

"什么？"

"您的香水。"

"怎么了？不是。"她摇摇头，从我身边走开。"不是的！"

"您应该趁天色还亮着赶紧走。"博戈维奇说。

"没事的。"

"不然您会找不回去的！"

"难道您对此很有经验？"

博戈维奇微笑着。"我可从来不是走过来的。"

"那条路没有路灯。"银行家说。

"也许有人能让我搭一段车。"我提议。

几秒间，鸦雀无声。

"那条路没有路灯。"银行家再次重复。

"没错，"卡明斯基声音沙哑地说，"您该下山了。"

"这样安全一些。"克鲁尔附和。

27

我用力握紧酒杯，目光一个接一个地扫过他们。晚霞在他们的剪影之间错落。我大声咳嗽了两下，现在该有人发话留我才是。我又使劲咳了两下。"那好吧……我要走了。"

"请您沿着马路走，"米莉娅姆说，"大概一公里后有个路标，在那儿左转，再走二十分钟就到了。"

我生气地瞥了她一眼，把酒杯放在地上，扣好夹克，走了出去。才走出没几步就听见了身后他们的大笑。我仔细听，但已经听不清楚他们在说什么了，随风传来的只有几个零星的词语。有点冷，我加快了脚步。我庆幸于自己的离开。倒胃口的马屁精们，他们巴结讨好彼此的嘴脸实在是恶心。那老头儿真可怜！

天黑得果然很快。我必须眯着眼睛看，努力分辨马路的方向，忽然感到脚下踩到了草地，就停下脚步，战战兢兢地退回到柏油路上。已经可以望见谷底星星点点的灯光了。前方有个路标，上面的字我看不清楚，那儿有一条小路，看来我得沿着那条路走下去。

一个趔趄，我向前直直地滑了出去。气得我捡起一颗石头，用力朝漆黑的谷底扔去。我揉着膝盖，想象那颗小石头将如何落下，又如何带动其他的石头，越滚越多，直到演变成一场山体滑坡，活埋掉一个无辜的路人。这个想法我很喜欢，于是我又扔了一颗。我实在没法确定自己是否还走在路面上，脚底下时不时就踩到松动的石块，差点又要滑倒。真的很冷。我弯下腰摸了摸地面，泥土十分坚实。我不如就地躺下，等待天明？不过我可能会被冻着，而且在冻坏之前就先无聊致死了，但那样至少不会摔跤。

不行，绝对不行！我像瞎了似的一步挨着一步蹑足前行，手紧紧地抓着灌木丛。正当我犹豫要不要大声呼救时，眼前浮现出了围墙的轮廓和一个平坦的、铺满石头的屋顶。然后我看到一扇窗户，掩起的窗帘透出隐隐约约的光亮。终于走到明亮的马路上了。在街角拐弯，到了村里的广场。两个穿皮夹克的男人好奇地望着我。一间旅馆的阳台上，有个满头发卷的女人正把一只呜呜叫的狮子狗凑到脸上。

我推开美景旅馆的大门，环顾四周，想找老板娘，却不见她的踪影，前台空无一人。我拿起房间钥匙，上楼，进了房间。我的行李摆在床边，墙上挂了几张水彩画，一幅是牛，一幅雪绒花，一幅画着满脸白胡子的农夫。刚才滑倒时弄脏了我的裤子，但我没带其他换洗的，应该弄得干净吧。我得马上泡个热水澡。

　　我一边等待浴缸放满水，一边取出录音机、有采访内容的录音带，以及《曼努埃尔·卡明斯基全集》画册。我听了手机里的留言：艾尔可请我立即回电话。《晚间新闻》的文化编辑需要那篇猛批巴林的评论，越快越好。下一条又是艾尔可的："塞巴斯蒂安，回电话，有要紧事！"第三条还是她："塞巴斯蒂安，拜托！"我出神地点点头，随后关掉手机。

　　带着一丝隐隐约约的不满，我注视着浴室镜中自己全裸的身体。我把画册放在浴缸边沿。泡沫轻柔地冒出窸窸窣窣的声音，闻起来甜蜜而愉悦。我让自己慢慢滑入水中，升腾的热气一瞬间几乎夺走了我的呼吸。我仿佛浸身于广阔宁静的海洋。然后我把手伸向画册。

3

画册里先是些凌乱的素描，出自十二岁孩子之手：带翅膀的人，长着人头的鸟，蛇和浮在空中的剑，看不出一丁点天赋。然而，曾与曼努埃尔的母亲在巴黎共同生活过两年的大诗人理查德·雷明看中了其中几幅，收进了他的诗集《路边集》中。战争爆发后，雷明被迫流亡，在搭船去美国的途中身染肺炎去世。还有两张童年旧照，胖嘟嘟的曼努埃尔穿着水手服，一张照片里他戴了副把双眼放大得很怪诞的眼镜，另一张里的他则眯起双眼，好像有人在用强光照他。他小时候长得不大好看。我翻阅得很快，纸张因受潮而膨胀。

接着是象征主义时期的作品。他画了有上百幅。那时他刚中学毕业，母亲又过世了，一个人住在巴黎的出租屋里，多亏有瑞士护照的庇佑，他才得以安然度过德占期。后来他烧掉了那一时期几乎所有的画作，少数几幅幸存下来的也都差得可以：金色背景，画得很不灵活的鹰在树丛上盘旋，树上长出目光阴森的人头，一只笨拙的青蝇停在一朵花上，那朵花看起来就像水泥做的。只有上帝知道是什么让他画出这些东西来的。一个瞬间，我把画册浸在泡沫里，晶莹的白色泡沫仿佛在缓缓攀上纸面，我伸手抹掉。凭借雷明帮他写的一封旧推荐信，卡明斯基前往尼斯，向马蒂斯当面展示了自己的作品，马蒂斯却建议他改变画风。他不知所措地返回了巴黎。战争结束之后的一年，他去参观克莱昂斯的盐矿，途中跟丢了导游，在废弃的矿道里独自迷路了一个多小时。后来人们找到他，把他救了出来。随后他把自己锁在屋里整整五天。没人知道究竟发生了什么。但他从此画风突变，完全是另外的样子了。

　　他的朋友和赞助人多米尼克·席尔瓦出钱帮他租下一间工作室。他在那里进行创作，研习透视、构图和色彩学，将之前的试作尽数销毁，重新开始，然后又全部毁掉，再从头来过。两年后，经马蒂斯引荐，他在圣丹尼斯的泰奥夫拉斯·勒农寇特（Theophraste Renoncort）画廊举办了生平第一场个展。在那里他首次展出了新的系列作品，我继续翻阅——《反射》。

《反射》系列的全部作品现今都挂在纽约大都会博物馆。画上呈现的是以各种不同角度相互映照的镜子。银灰色的走廊在镜中无限延展，轻微扭曲，漫溢着阴森、凄冷的光。镜框的细部抑或镜面上的瑕疵繁复滋生，以渐次缩小的复制形式排列，一直延伸下去，消失在视线所不及处。其中有几幅，仿佛出于疏漏，甚至能辨识出画家本人的影迹，一只拿着画笔的手，画架的一角，似是无意间被镜子捕捉到，再不断衍生下去。有一幅画的是一根蜡烛被复制成无数根蜡烛的并排燃烧的火焰。另一幅上则是铺满白纸的桌面，桌角有一张明信片，印着委拉斯开兹的《宫娥》[1]，桌子被置于两面呈直角的镜子之间，透过两重镜面的彼此反射，镜中又出现了第三面镜子。在这第三面镜子里，所有东西的方向都没有颠倒，与原物一致，呈现出极度对称的奇异混沌：一种难以置信的复杂效果。安德烈·布勒东[2]为他

---

[1]　迭戈·委拉斯开兹（Diego Velázquez, 1599—1660），文艺复兴后期西班牙最重要的画家。《宫娥》（Las Meninas）创作于 1656 年，为其晚期巴洛克风格代表作，现存于西班牙普拉多博物馆（Museo del Prado）。

[2]　安德烈·布勒东（André Breton, 1896—1966），法国诗人、作家、理论家，超现实主义（Surrealism）创始人。1924 年发表第一篇《超现实主义宣言（Surrealist Manifesto）》，在其中他将"超现实主义"定义为"纯精神的无意识行为（pure psychic automatism）"。

撰写了一篇热情洋溢的评论，毕加索买下了三幅作品，卡明斯基看似将要一举成名。然而那并没有发生。没人知道为什么，可终究就是什么都没发生。三周后，展览闭幕，卡明斯基把画搬回家中，回到默默无名的状态，一如往昔。画册里接下来的两张照片上，他都戴着一副昆虫般的大眼镜。他与艾德里娜·马勒结婚，她有家生意不错的纸店，婚后过了十四个月的富裕生活，然后他离开了艾德里娜与刚出生的女儿米莉娅姆，一场婚姻以离婚告终。

　　我打开热水龙头。一下子转得太大，烫得我差点惨叫起来。转小一点，水温刚刚好。我把书立在浴缸边缘。有很多事我都需要向他求证。他什么时候发现自己有眼疾的？那段婚姻为什么无法维持下去？矿道里究竟发生过什么？其他人的观点我都录下来了，但是我要引用他本人的说法，要问他从未对外袒露过的事实。我的这本书不能在他去世前出版，但也不能在他死后太久，他的死会在短时间内成为舆论焦点。我将会受邀上电视，发表对他的评论，屏幕下方会用白字插入我的名字，并且标明我是卡明斯基的传记作家。如此便能为我谋得一份大型艺术杂志社的好工作。

这会儿画册已经被蒸汽熏得非常潮湿。我很快浏览过《反射》的剩余部分，翻到下一个关于小型油画——蛋彩画的十年。他再度过上了单身的生活，席尔瓦按时供给他生活费，有时帮他卖掉几幅画。他的调色板变得更加明亮，线条则越发简洁。他画抽象到几乎难以辨识的风景、城市景观、浓雾中隐现的热闹街景。一名正在走路的男子将模糊的影子拖在身后，山峦被大片糊状的云团盘绕，塔楼在过于强烈的拥挤背景中愈显透明；无论怎么努力都分辨不出塔楼的轮廓，刚刚还是窗户的地方，原来只是折射的光线；原以为是一堵充满艺术装饰的墙，却越看越像形状奇异的云；而凝视得越久，能从那座塔中发现的就越少。"其实很简单，"卡明斯基在第一次接受媒体采访时说，"但也很难。我快要瞎了。我画的就是这个。这就是一切。"

我头倚着瓷砖墙面，把书架在胸口。《彩色光线之暮》、《虔诚祷告中的玛格达莱娜》，尤其是那幅以雷明最著名的诗句为题的《一个困顿漫步者的遐想》：一个几乎难以分辨的人形，迷失在铅灰色的昏暗中。这幅《漫步者》完全是靠雷明的原因入选了一个超现实主义展览，他在展览中获得了克拉斯·欧登伯格[1]的青睐。两年后，经欧登伯格引荐，卡明斯基最差的作品之一，《圣托马斯的讯问》，在纽约的里奥·卡斯特里[2]画廊举办的波普艺术展上展出。作品标题被添加了一个附注：一位盲人所作[3]，旁边还配了张卡明斯基戴着深色墨镜的照片。从别人口中得知此事，他十分震怒，以至于持续高烧不退，整整卧床两个礼拜。等到能再次起床的时候，他已经一举成名了。

我小心地把手伸直，甩了甩右手，再甩甩左手，这本书可真沉。我的目光穿过敞开的门，落在绘有老农夫的那幅画上。他手里握着一把镰刀，目光骄傲地注视着。我喜欢这幅画。事实上，比起那些我天天在写评论的画作，它更让我喜欢。

卡明斯基的画一夜之间受到了全世界的瞩目，主要的原因当然是关于他失明的谣言。他向人们保证，他真

---

[1] 克拉斯·欧登伯格(Claes Oldenburg, 1929—)，美籍瑞典裔艺术家，早年"偶发艺术"(Happenings)实践者，70 年代后成为著名的现代派雕塑家、设计师和波普艺术家。

[2] 里奥·卡斯特里(Leo Castelli Gallery)，20 世纪后半叶以来美国最具影响力、最重要的艺术经纪人。1957 年在纽约创建同名画廊，随后成为波普艺术及早期极简主义艺术的重要推手。

[3] 原文为英语。

的还能看见，但当人们逐渐相信他时，一切都不能退回重来了：古根海姆博物馆举办了他的作品展，他的画价格飙升到令人目眩的地步。照片中，他和十四岁的女儿在纽约、蒙特利尔和巴黎的开幕酒会上，那时她真是个漂亮的小女孩。然而，他的视力日益衰退。他在阿尔卑斯山上买了一座房子，从此在公众视野中销声匿迹。

六年后，博戈维奇在巴黎为卡明斯基办了他最后一个展览。十二幅巨型作品，依旧是蛋彩画。几乎全部都是明亮的色彩，黄色、淡蓝、刺目的绿色，还有透明的米色调；在那些相互缠绕的水流之中，只要稍微后退一点或者眯起眼睛看，那隐蔽其间的开阔风景又豁然开朗起来：山丘，树木，一场太阳雨中的青翠草地，苍白的太阳下，云渐渐消散成乳白色的雾。我翻阅的速度慢了下来。这些画我喜欢。有几幅我看了很久。水也渐渐凉了。

但还是别喜欢为妙吧，因为展览反响奇差。人们说那些画媚俗，是令人尴尬的脱轨之作，并且将其作为证据，说明他真的病了。画册的末尾是一页大幅的照片，上面的卡明斯基手持拐杖，戴着黑色墨镜，面色出奇愉悦地在展厅中闲逛。我冷得哆嗦起来，把书合上放在浴缸边，等发现那里有一摊水时已经晚了。我赶紧把书挪开，但这种样子恐怕拿去教堂的跳蚤市场都卖不掉。我站起来，拔开排水孔，注视着小小的漩涡，如何将水流吸走。我看了一眼镜子。我秃？根本就没有。

我说起卡明斯基还活着的时候，几乎每个人的反应都很惊讶。这听起来好像非常不可思议：他还活着，在山中隐居，住在一幢大房子里，在失明和盛名不复的阴影中度日。他和我们关注着一样的讯息，收听同样的广播节目，依然是我们这个世界的一部分。其实我很早以前就想过应该写本书的。我的职业生涯有个不错的开始，但随即便遭遇了瓶颈。后来我考虑过挑起一场笔战，或许可以攻击一下某位知名画家或者某个流派。我想到的第一个攻击对象是照相写实主义派[1]，但后来又觉得应该捍卫他们才对，结果照相写实主义突然就过气了。那我不如写本传记好了？我在巴尔蒂斯[2]、卢西

---

[1] 照相写实主义(Photorealism)，20世纪70年代兴起于美国的一种艺术风格，又称超写实主义，与抽象主义相对立的，把形象和题材放在首要地位，利用摄影成果做客观、逼真的描绘，往往先制作平面照片形象，再将其移植到画布上。

[2] 巴尔蒂斯(Balthus，1908—2001)，波兰裔法国画家，现代具象绘画大师，在20世纪仍保持欧洲风景画、静物画、主题画和肖像画的传统，构图带有超现实主义的趋向。

安·弗洛伊德[1]和卡明斯基之间犹豫不决，然后第一位就去世了，第二位人选听说汉斯·巴林已经在接洽中。我打了个哈欠，擦干身体，穿上浴袍。旅馆的电话突然响了，我走进房间，想都没想就接了起来。

"我们必须谈一谈。"艾尔可说。

"你怎么会有这儿的电话号码？"

"这不是重点。我们得谈谈。"

肯定有什么特别要紧的事吧。她正在替工作的广告公司出差，一般出差期间她从来不打电话给我。

"你打来的可真是时候。我快忙死了。"

"必须现在讲。"

"好吧，"我说，"等我一下！"我放下听筒。站在窗前的一片黑暗之中，远处的山峰和半轮惨白的月亮清晰可见。我深呼吸了一口气，"到底是什么事？"

"我本来昨天就想好要跟你谈谈，但你又是老样子，总是我出了门之后才回来。现在又……"

我对着话筒吹气。"信号不好！"

---

[1] 卢西安·弗洛伊德(Lucian Freud, 1922—2011)，英国表现派画家，出生于柏林，精神分析学派创始人弗洛伊德之孙。

"塞巴斯蒂安，这又不是手机，信号好得很！"

"对不起！"我说，"再等我一下。"

我放下听筒。心里一阵忐忑。我很清楚她要跟我谈什么，但是我绝对不要听。索性挂电话？但我已经挂了她三次电话了。我犹犹豫豫地拎起听筒。"喂？"

"我要说关于公寓的事。"

"明天我再打给你好吗？我手头事情太多了。下个礼拜我就回去，然后我们再……"

"不必了。"

"什么？"

"你不必回来了。回这里。塞巴斯蒂安，你再也不住在这儿了。"

我清了清嗓子。现在得想出点话来。要简单明了，而且要坚定。马上！但是我脑子里一片空白。

"以前你说的，只是过渡一下，只住几天，等你找到房子就走。"

"所以呢？"

"都过了三个月了。"

"哪有那么多房子啊！"

"房子多得很。反正不能继续这样了。"

我不说话了。也许这样最有效果。

"而且，我认识了一个人。"

我保持沉默。她在期待什么呢？我是该哭，大吼大叫，还是苦苦哀求她？我还真这么打算过。我想起她的公寓：皮沙发、大理石餐桌、昂贵的睡椅，室内酒吧、立体环绕声音响和超幅平面电视。她真的遇到了一个肯听她抱怨公司事务、听她讲全素饮食、政治和日本电影的人？实在不敢相信。

"我知道，这对你来说不容易，"她声音里带着沙哑，"我也不想……我不想在电话里跟你说的。但是没别的办法了。"

我依然沉默着。

"而且你也很清楚，我们之间不可能继续下去的。"

这话她说过的。但为什么就不可能了呢？她客厅的样子清晰地浮现在我眼前：一百三十平米、绵软的地毯，能眺望到公园的风景。夏天的午后，南边温柔的日光投射在墙上。

"我不可能相信，"我说，"我也不会相信。"

"你非相信不可。我把你的东西都打包好了。"

"你说什么？"

"你可以来把你的箱子拿走。或者也不用来了，等我回去就帮你送到《晚间新闻》那儿。"

"不要送到编辑部去！"我吼了起来。肯定还有挽回的余地。"艾尔可，这些话我通通都会忘掉的，就当你没打过这个电话，我也什么都没听见。下周我们再好好谈谈。"

"瓦尔特说了，你要是敢再进来一次，他就亲手把你扔出去。"

"瓦尔特？"

她没回答。真的有这个必要吗，还要让我知道那个人叫瓦尔特？

"他礼拜天搬进来。"她轻声说。

原来如此啊！现在我懂了：房屋短缺还真能让人做出些不可理喻的事情来。"那我去哪儿啊？"

"我不知道。旅馆。朋友家。"

朋友？我税务顾问的那张脸跳了出来，还有一个上周在街上偶遇的小学同学。我们一起喝了啤酒，但两个人都不知道有什么可聊的。整个过程中，我始终在记忆里努力搜索着他的名字。

"艾尔可，那是我们两个人的公寓啊！"

"不是两个人。你分担过房租吗？"

"浴室的油漆是我刷的呀。"

"不，是油漆工刷的。你只不过打了个电话叫他们来而已。钱还是我付的。"

"难道你要这么跟我算钱吗？"

"为什么不算？"

"真是不敢相信。"这句话我是不是已经说过了？"没想到你这么做得出。"

"是啊，不行吗？"她说，"我也不相信！我也没想到！卡明斯基的事情怎么样了？"

"我们一见面就聊得不错。我相信他很喜欢我。但他女儿是个大问题，总是护着他远离所有人。我要想个办法甩开她。"

"祝你一切顺利，塞巴斯蒂安。也许你还有一次机会。"

"什么意思？"

她没有回答。

"等一下！我要听清楚。你这话什么意思？"

她挂了电话。

我立马打她手机。她不接。我再打。一个毫无起伏的机械声音请我留言。我又拨了一次号码，一次，再一次，连拨九次，终于放弃了。

我忽然觉得这个房间一点都不舒服了。雪绒花、奶牛和粗糙农夫的画像瞬间充满了压迫感，外面的黑夜近在咫尺，阴森恐怖。这就是我的未来吗？不是廉价旅馆，就是出租屋，啰嗦的女房东，午间从厨房里飘出的油烟味，还有大清早不知从哪里传来吸尘器的噪声？我是绝对不能沦落至此的！

那个可怜的女人一定是昏了头，我几乎替她感到惋惜。凭我对她的了解，她现在肯定在懊悔。最迟明天晚上，她一定会哭着打电话来，求我原谅她。在我面前她伪装不了什么的。稍微平静了一些，我拿起录音机，把第一卷磁带放进去，然后闭上眼睛，好让自己专心回忆。

4

"谁?"

"卡明斯基。曼努埃尔，卡－明－斯－基。您认识他吗?"

"曼努埃尔。哦。认识。认识的。"老女人面色僵滞地笑了起来。

"那是什么时候的事?"

"什么是什么?"

她把苍白如蜡的皱巴巴的耳朵转过来对着我，我向前屈身，凑过去大喊道:"什么时候!"

"天呐! 三十年了。"

"应该超过五十年了。"

"没那么久吧。"

"有啊。您再仔细算算!"

"他那个人很严肃。阴郁。不知为何，好像一直活在阴影里。是多米尼克介绍我们认识的。"

"尊敬的夫人，其实我真正想问的是……"

"您听到宝莉的叫声了吗？"她指着旁边的鸟笼。"他唱歌太好听啦。所有事情您都要写进去吗？"

"是的。"

她垂下头，我一瞬间以为她睡着了，但她耸了耸肩，又抬起头来。"他总是说，他会在很长一段时间里默默无闻，然后名声大噪，最终又被遗忘。您会写进去的吧？还有那些……以前我们并不知道的事。"

"什么事？"

"人可以变得如此衰老。"

* * *

"再说一次，您叫什么来着？"

"塞巴斯蒂安·策尔纳。"

"从大学来的？"

"是……从大学来的。"

他粗重地喘着气，一只手在自己的秃顶上摸来摸去。"您让我仔细想想。怎么认识的？我当时问多米尼克，那个傲慢的小子是谁，他说是卡明斯基，一副煞有介事的样子。您也许知道，我写的曲子在乐团里公演过。"

"真棒。"我疲惫地说。

"大多数时候他都在自娱自乐。自视甚高。您见过那种人的吧，虽然还什么都不是，却觉得自己很了不起……不过这一点后来的确成真了，'世界渴望被欺骗[1]'嘛。我以前在交响乐团工作，我的一首四重奏在多瑙艾辛根上演过，安塞美[2]还答应过……"

我咳嗽了一下。

"哦对，卡明斯基。您可是为他而来的。不是为了我。是为了他，我懂的。有一次我们不得不去看他的画，在多米尼克·席尔瓦家，那间公寓在维尔纳叶街上。卡明斯基单独坐在角落里打哈欠，好像一切对他来说都很无聊。可能真的就是很无聊吧，我也不能怪他。您说说看，您到底是从哪个大学来的？"

---

[1] 原文引自拉丁语：Mundus vult decipi，ergo decipiatur。意为：这世界渴望被欺骗，那就让它被欺骗吧。
[2] 欧内斯特·安塞美(Ernest Ansermet, 1882—1969)，瑞士著名指挥家。

　　　　　　　 ＊ ＊ ＊

　　"我没听错吧，"多米尼克·席尔瓦问，"您要替我买单?"

　　"您点吧，点您喜欢吃的!"说完我自己都有点惊讶。汽车从我们身后往孚日广场的方向呼啸而过，侍者熟练地穿梭于藤椅之间。

　　"您的法语不错。"

　　"还行吧。"

　　"曼努埃尔的法语一直特别差劲。我从来没碰到过对语言那么没天赋的人。"

　　"要找到您真是不容易。"他看起来干瘪、羸弱，鼻子尖尖地立在一张奇怪的向内凹陷的面孔上。

　　"我的日子已经不比从前了。"

　　"您为卡明斯基做了很多事。"我谨慎地说。

　　"您高抬我了。就算不是我，也会是别人。像他那样的人总能找到像我这样的角色。他没有大笔的遗产。他父亲是波兰裔瑞士人，还是瑞士裔波兰人来着，我记不清了，在他出生之前就破产并去世了，他母亲后来得到了雷明的帮助，但雷明也不是很有钱。所以曼努埃尔总是很缺钱。"

"是您替他付房租的吧？"

"有时候。"

"那您现在……不那么有钱了？"

"时代变了。"

"您是怎么认识他的？"

"通过马蒂斯。我到尼斯去拜访他，他跟我说，巴黎有个年轻画家，是理查德·雷明的继子。"

"那他的画呢？"

"不怎么惊艳。但我想的是，以后会有所改变的吧。"

"为什么？"

"就因为是他的缘故。他会给人一种印象，让你感到值得对他有所期待。他刚开始画的东西确实很差，过度夸张的超现实主义。遇到特蕾莎之后才有所改变的。"他抿了一下嘴唇。我不禁困惑，他的嘴里到底还有没有牙了。但他刚刚才点了一份牛排。

"您指的是艾德里娜吧？"我说。

"我很清楚自己指的是谁。或许会让您有点惊讶，但是我还不至于老糊涂。艾德里娜是后来的事了。"

"那特蕾莎是谁？"

"天呐，她就是一切啊！她彻底改变了卡明斯基，即使卡明斯基自己从来不愿意承认。您肯定听说过他在盐矿里的经历，他总是爱讲那件事。"

"我后天要到他那儿去。"

"去吧，您会感到满意的。但特蕾莎才更加重要。"

"我先前并不知道。"

"那您恐怕得从头来过了。"

* * *

"我们索性放开了说吧。您认为他是个伟大的画家吗？"

"当然。"我撞上了康梅纽教授的眼神。"在某种程度上来说是的！"

康梅纽双手交叉枕在脑后，椅背也随之向后倾斜。他的小胡子尖尖地翘起，微微耸立在下巴上。"按顺序来说吧。他早期的作品没必要提起了。然后是《反射》系列。在当时而言是非常与众不同的。技法卓越。但其实呢，索然无味。基础构思不错，但是出现频率太高，画得过于精准、琐碎，学习古典大师在使用蛋彩上的技法也没有让它变得更好。皮拉内西[1]的元素太多了。接下来是《彩色光线》、《漫步者》和一些街景画。第一眼看过去感觉非常了不起。但在主题上处理得不够细致。坦白地说，要是人们不知道他失明的话……"他耸了耸肩膀，"您见过那些画的原作吗？"

我迟疑了一下。原本我考虑过去纽约看一看的，但是成本太高了，而且——不然人们要画册是用来做什么的？"当然见过！"

"那您肯定发现他的笔触非常不稳定了。他可能借助过高倍放大镜。总之是无法和早期技艺上的完美相比较的。再后来的呢？哦，天呐，那些画已经有定论了——日历画！有幅画了一只狗在海边的，很可怕，完全是模仿戈雅[2]，您看到过吗？"

"所以说，一开始是过于注重技巧，太缺乏情感，后来又反了过来。"

---

[1] 乔瓦尼·巴蒂斯塔·皮拉内西（Giovanni Battista Piranesi，1720—1778），意大利铜版画家、建筑师、历史学家和考古学家，以蚀刻版画《想象的监狱》（Le Carceri d'Invenzione）系列最为出名。强烈的光、影和空间对比，以及对细节的准确描绘是他作品的特点。

[2] 弗朗西斯科·戈雅（Francisco José de Goya y Lucientes，1746—1828），西班牙浪漫主义画派画家和版画家，18世纪末到19世纪初西班牙最重要的艺术家。通常美术史上认为，近代绘画始于戈雅。

"可以这么说。"他把枕在脑后的手抽出来，椅子随之前后摇晃。"两年之前我还在研讨课上讲过他。年轻人都不知所措。他对他们而言不再有任何意义了。"

"您和他见过面吗？"

"没有，为什么要见面？我的《注解卡明斯基》出版以后，我给他寄了一本。他一句回复都没有，觉得没必要吧！就像刚才说的，他是个好画家，时代造就了他。但还算不上伟大。"

"您应该去拜访他的。"我说。

"什么？"

"写信，然后等回复，这样是没用的。必须得亲自去，给他们来一招突然登门。我写韦尼克的人物报道时……您知道韦尼克吧？"

他皱起眉头看着我。

"刚出事的时候，他的家人不愿意跟我谈。但我没有就此离开。我站在门口跟他们说，无论如何我都要写关于他自杀的事，他们只有这一个选择，跟我谈，或者不谈。'要是你们不愿意谈，'我说，'就意味着报道中不会出现任何代表你们的立场。但如果你们愿意的话……'"

"不好意思。"康梅纽将身体稍微前屈，目光犀利地盯着我。"您到底在说什么？"

* * *

"也没过多久。一年后他和特蕾莎就分手了。"

侍者端来牛排配煎马铃薯，席尔瓦迫不及待地抓起餐具吃了起来，他的颈部随着吞咽而颤抖。我又点了一杯可口可乐。

"特蕾莎真的是很特别的存在。她从来不在意卡明斯基当时是一副什么样子，眼里只看到他的未来，并且去把他塑造成未来的样子。我还记得，她是怎么看着卡明斯基的画，又轻声细语地跟他说：'必须要一直画老鹰吗？'您真该听听她发'老鹰'那个词的音调。卡明斯基的象征主义时期就在那儿结束了。她真是了不起！卡明斯基和艾德里娜的婚姻只是一种错误的镜像投射，因为她看起来和特蕾莎有一点点神似。我还要接着说吗？如果您问我的话，我会说，他从来没有忘却过特蕾莎。如果每个人的生命里都要有一场注定的劫难……"他耸了一下肩膀。"……特蕾莎就是他的。"

"但他的女儿是和艾德里娜生的。"

53

"米莉娅姆十三岁的时候，她母亲去世了。"他目视着空空的前方，仿佛回忆刺痛了他。"然后她去了卡明斯基那个在世界尽头的房子，从此开始照料家里的一切。"他往嘴里硬塞了一块特别大的肉，过了好一会儿才能再开口说话。我尽量让自己不去看他。"曼努埃尔总是能找到他需要的人。他觉得这个世界就是欠他的。"

"为什么特蕾莎离开了他？"

他没有回答。也许他有点耳背。我把录音机向他推近了一点。"为什么……"

"我怎么知道啊！策尔纳先生，任何事情都有那么多解释，那么多版本，到最后真相却是最平庸的。没人知道到底发生了什么，也没人能知道别人是怎么看他的。我们就聊到这儿吧。我已经不太习惯有人听我说话了。"

我惊讶地看着他。他的鼻子颤抖着。他把餐具扔下，瞪着我的眼珠子都快掉出来了。是什么让他激动成这样？"只剩一点点问题了。"我怂恿地说。

"您没觉得吗？我们现在谈起他，就好像他已经死了一样。"

"有次一出新剧正要上演。"他把身体坐正，揉一揉秃头，又摸了摸自己的双下巴，然后蹙起眉头。再开口提一下你的曲子，我就把录音机塞进你嘴里！我心里念叨着。

"他带特蕾莎·莱辛来看首演。她其实是特别聪明的女人，我都不好意思说，不知道她看上卡明斯基什么了……那出剧是名副其实的先锋派，一种黑弥撒，全身涂满血的表演者，倒挂的十字架下面的哑剧，但卡明斯基和特蕾莎两个人从头笑到尾。刚开始还只是叽叽咕咕地笑，干扰别人专心看剧，后来就变成大声狂笑了。一直笑到被赶出去。这是很理所应当的，因为气氛已经被搞得糟糕透了，也许不至于那么糟，您懂的吧，无论如何反正都过去了。特蕾莎死后他就结婚了。再后来，自从他夫人跟随多米尼克之后——这也可以理解，我就再也没见过他了。"

"跟多米尼克？"

"难道您不知道？"他眉头紧皱，眉毛像两道拱起的灌木，双下巴窝出一条缝来。"您究竟调查了些什么啊？我的音乐会上他从来没出现过，他根本不感兴趣。那样的时代一去不返啦。安塞美本来要指挥我的交响组曲，但最后还是没能实现，因为……什么，现在就结束了？您再多坐一会儿吧，我有些很有意思的唱片。如今您在别的任何地方都听不到了！"

＊ ＊ ＊

"您对他的画到底怎么看？"梅林教授的目光越过镜框上沿细细地打量着我。

"早期过于注重技巧，太缺乏情感，"我说，"后来又反了过来。"

"康梅纽也这么说过。但我认为这种评价是不对的。"

"我也觉得，"我赶紧附和了一句，"真是低级的偏见。"

"康梅纽在二十年前可完全是另一套论调。不过那时候卡明斯基风头正劲。一年前我在高校讲授过卡明斯基。学生们热情很高。我相信，他后期的作品受到的评价是不恰当的。而时间会还以公正。"

"您当过他的助理吧？"

"很短的一段时间。我那年十九岁，我父亲认识博戈维奇，是他介绍我去的。我替卡明斯基研磨颜料。在他的想象当中，只有我们亲自动手去制作，他才能得到最鲜艳的色彩。如果您问我，我觉得那纯粹就是他的怪癖吧。我被允许和他一起住在那儿，要是您想知道的话，我当时极其迷恋他女儿。她那么美丽，但除了卡明斯基之外，她眼里根本没有任何人，对我也没什么兴趣。"

"他作画时，您在旁边吗？"

"他必须用高倍放大镜，把放大镜固定在头上，像珠宝师那样。特别神经质，有时候生起气来连画笔都折断了。要是他觉得我工作太慢……唉，也是，我们又怎么能想象得到他遭受了什么呢！每幅画他都先仔仔细细地进行构思，画好大量速写，但在整合的时候就再也找不到正确的方向。一个月之后我就辞职了。"

"您和他还有联络吗？"

"我会寄圣诞贺卡。"

"他会回信吗？"

"是米莉娅姆回的。我猜想，她也没让卡明斯基知道多少。"

＊ ＊ ＊

"我只有十分钟时间。"博戈维奇烦躁地拨弄着他的胡须。窗外浮现出巴黎皇宫的围墙，书桌上方挂着一幅大卫·霍克尼[1]的加州别墅的速写。"我只能这么说，我爱他，就像爱一位父亲那样。您把这句话原原本本地记下来！'一位父亲'。我认识他是在六十年代末，我父亲还在经营着画廊，他对于自己能代理卡明斯基的作品一直特别骄傲。曼努埃尔当时是坐火车来的，他不愿意坐飞机。尽管如此，他还是很喜欢旅行，开车去远的地方玩儿，当然，需要有人给他当司机。他热爱冒险！我们代理了他的一些大幅风景画。应该说是他全部画作里面最好的一部分。有两幅本来奥塞美术馆还打算收藏。"

"发生了什么呢？"

"也没什么，最后他们没有买。措尔纳先生，我……"

"策尔纳！"

"……我认识很多有创意的人。杰出的人。但只有

---

[1] 大卫·霍克尼(David Hockney,1937—)，英国画家、摄影师，同时也是制图员、版画家和舞台设计师。20世纪60年代波普运动的重要成员，被认为是20世纪英国最具影响力的艺术家之一。

一个天才。"

门开了，一位穿着紧身衬衫的女助理进来，放下一张写了字的便条。博戈维奇看了几秒钟，然后放在一旁。我注视着她，面带微笑，她移开视线，然而我已经觉察到了，她对我有好感。她有种令人心动的羞涩。当她走出去的时候，我不经意地往旁边挪了一步，好让她经过时蹭到我，但她闪开了。我对博戈维奇眨了眨眼睛，他皱起眉头。这家伙大概是同性恋吧。

"我一年去他那儿两次，"他说，"下周又该去了。他那样的隐居已经很少见了。其实我父亲本来想要帮他在伦敦买套房子的。但他不肯。"

"他是彻底失明了吗？"

"要是您找出答案的话，跟我说一声！最近一段时间他身体不太好，做了一次大的心脏搭桥手术。我当时在场，在医院里……哎呀，不对，那次是陪我父亲。但我也愿意为他那样做。就像刚才说的，我很爱他。我都没爱过自己的父亲。曼努埃尔·卡明斯基是最伟大的人。有时候我也会认为，"他指了指墙上的那幅加州别墅，"大卫是最伟大的，或者卢西安，又或者其他什么人。偶尔甚至觉得我自己才是最伟大的。但只要一想到卡明斯基就会瞬间清醒过来，我们什么都不是。"他指向对面墙上的一幅画：一具蜷曲的身影坐在灰暗的海岸边，旁边是一只巨大的狗，从透视法的角度来看诡异地转过身去。"您认得这幅画吧？《死于灰暗海岸》。这一幅，我永远不卖。"

我想起康梅纽提到过这幅画。还是梅林来着？我记不清楚当时我们想说什么了，以及我应不应该说自己喜欢它。"看起来不像卡明斯基的风格。"我没多想就脱口而出了。

"为什么？"

"因为他……因为……"我盯着自己的手心。"是……笔触的缘故。您了解的啊，笔触。关于特蕾莎·莱辛，您知道些什么吗？"

"从来没听到过这个名字。"

"卡明斯基在经营方面怎么样？"

"所有事情都是米莉娅姆在打理。从她十七岁开始就是。她比一个律师加一个贤内助还厉害。"

"她没有结过婚。"

"怎么了？"

"她已经陪卡明斯基生活太久了。在山里，隔绝一切。是这样吧？"

"以后依然会是这样的，"他冷冷地说，"现在请您谅解。下次希望您能先和我预约一下再来，不要直接就……"

"那是当然！"我站了起来。"下周我也会在那里。他邀请了我。"博戈维奇握手很轻，带着轻微的手汗。"到阿卡迪亚[1]去！"

"去哪里？"

"等我有钱了，就把您这幅《死于灰暗海岸》买下来，无论花多少钱。"

他无言以对地看着我。

"说着玩儿的啊！"我开心地说，"没有恶意。开个玩笑而已。"

* * *

"真是不知道那老东西跟你说了什么。我跟艾德里

---

[1] 阿卡迪亚（Arcadia），原为古希腊地名，位于希腊南部伯罗奔尼撒半岛，人们在此安居乐业。"阿卡迪亚"原文 arkadia，ark 原意为躲避、避开，后指为方舟，adia 指阎王，arkadia 就是指躲避灾难的意思，被西方国家广泛用作地名，引申为"世外桃源"。（北京大学地理系.《世界地理》：《世界地理》编写组，商务印书馆，1981）

娜从来没有同居过！"

说服席尔瓦第二次跟我见面并不是一件容易的事。我得强调好几遍,餐厅可以任他挑选。他摇了摇头,嘴唇已经被巧克力冰淇淋染成了棕色,模样显得很不堪。

"我喜欢她,可是她拒绝了我。我关心她和她的孩子,是因为曼努埃尔不想再为她们做什么了。他可能在这件事上生过我的气。但我所做的仅此而已。"

"那我现在应该相信谁呢?"

"那是您的问题了。谁都不欠您一个解释!"他抬起头看着我。"很快您就要见到曼努埃尔了。但您肯定无法想象,他曾经是什么样的人。他能做到让每个人都相信,总有一天他会名扬四海。所以,他想要什么,就得给他什么。只有特蕾莎例外……"他刮尽了玻璃杯里的最后一口冰淇淋,将勺子的两面都舔得干干净净。"只有特蕾莎。"他思量着,但看起来似乎已经忘了自己想说的话。

"要来杯咖啡吗?"我忐忑地问。这一顿的开销已经远远超出了我的承受能力,而我还没跟梅格巴赫谈过费用的问题。

"策尔纳先生,一切都是陈年旧事罢了!实际上,

62

我们已经不存在了。衰老是件荒谬的事。我们在这里，
也不在这里，就像游魂。"一瞬间，他的目光越过我，
僵滞地望向屋顶，望向街的另一边。他的颈部如此干
瘪，一根根血管清晰地凸出在表面。"米莉娅姆很有天
赋，头脑清醒，就是脾气稍微火爆了一点。她二十岁时
订过婚。未婚夫登门拜访，只待了两天就走了，再也没
回来过。要接受卡明斯基这样的岳父是挺为难的。真希
望能再见米莉娅姆一面。"

"我会转告她的。"

"最好别说。"他伤感地笑了。

"我还有几个问题。"

"相信我，我也是。"

* * *

"以前我们并不知道，人可以变得如此衰老。您把
这句话写进去，一定要写！"她指了指鸟笼。"听到宝莉
的叫声了吗？"

"您跟特蕾莎熟吗？"

"她离开的时候，卡明斯基企图自杀过。"

"真的？"我坐直起来。

63

她闭了一会儿眼睛：连眼皮上都是皱纹。我还真没见过这样的景象。"是多米尼克的说法。这件事我没问过曼努埃尔。也没人敢问。但他真的整个人都失控了。直到多米尼克告诉他，特蕾莎死了，他才停止找她。您要茶吗？"

　　"不用了。啊，也好，来一杯吧。您有特蕾莎的照片吗？"

　　她端起茶壶，颤抖着为我倒茶。"您去问她吧，说不定她会寄一张给您。"

　　"问谁？"

　　"特蕾莎。"

　　"可是她已经去世了啊！"

　　"并没有。她住在北部，在海边。"

　　"她还没死？"

　　"没有，那是多米尼克编出来的。因为曼努埃尔一直不肯放弃寻找她。我很喜欢布鲁诺，她的丈夫。非常有男人味，完全不像某些人……您要糖吗？布鲁诺已经去世很久了。很多人都去世了。"她放下茶壶。"加点牛奶？"

　　"不用！您有她的地址吗？"

"我记得是有的。您听到没？宝莉唱得太好听啦。金丝雀是不太唱歌的，但宝莉是个例外。"

"麻烦您给我她的地址！"她没有回答，就好像听不懂我在说什么。

"要是让我坦白来讲，"我慢慢地说，"我什么都没听见。"

"什么？"

"它没有在唱歌，连动都不动，我觉得它身体可能也不太好了。请您把特蕾莎的地址给我好吗？"

5

十点刚过，从窗户透进来的阳光照醒了我。我躺在没有铺好的床上，周身散落着一打录音带，录音机掉在地上。窗外遥遥传来教堂的钟声，我慢悠悠地爬了起来。

我在那颗麋鹿的头颅下享用了早餐，就是昨天我透过窗子看见的那颗。咖啡淡如白水。隔壁桌的一位父亲正在教训孩子。那小家伙垂下头，闭着眼睛，就像他不在这里似的。雨果耷拉着耳朵，在地毯上爬来爬去。我叫来老板娘，告诉她这咖啡简直没法喝。她漫不经心地点了下头，又拿来一壶新的。那就不客气了，我说。她耸了耸肩。这壶咖啡的确浓郁了一些，三杯下肚之后，我心跳的节奏好似飞奔。我背起包，动身出发。

昨晚我下山的那条路在白天的光线里看起来尤为宽阔、安全，陡坡也变成了缀着鲜花的芳草地。两头牛悲

66

伤地望着我。有个拿着镰刀的男人，长得很像我房间那幅画上的老农，他朝我喊了几句我听不懂的话，我点头示意，他笑了，然后比出让我走开的手势。空气凉爽，昨日的闷热已经消退。我走到路标处都还没觉得喘气。

我沿路而上，步伐很快，不到十分钟就看到停车场和那几幢房子了。小尖塔直刺天空。花园大门前停着灰色宝马车。我按响了门铃。

您来得有些不凑巧，安娜略带敌意地说。卡明斯基先生身体不适，昨天他甚至都没与客人们道别。

"太糟糕了。"我嘴上说着，却暗自感到满意。

没错，她说，特别糟糕，您应该明天再过来！

我直接经过她，穿过走廊和餐厅，走到阳台上，然后闭起眼睛：山的半边正笼罩在午前时分明亮的光芒之中。安娜尾随而来，问我是不是没听懂她的话。那我就先跟卡明斯基小姐谈谈好了，我回答。她瞪着我，在围裙上蹭干双手，然后走回室内。坐在阳台的躺椅上，我再次闭上眼睛。阳光的温暖轻轻落在面颊上，我从未呼吸过如此干净的空气。

不，有过一次。在克莱昂斯。我竭力尝试着去忘记那段经历。

那一次，我下午四点左右参加了一个旅行团。升降机轰隆隆往下降，女人们歇斯底里地发笑，冰凉的风从深处涌上来。瞬间就被黑暗包围了。

一条低矮的通道，电灯闪着昏黄的亮光，钢制的防火门随着刺耳的声响打开又关上。"不要走丢！"导游走在我们前面，一个美国人四处拍照，有位女士好奇地去触摸岩石上的白色纹理。空气闻起来是盐的味道。五十年前，卡明斯基就是在这里迷了路。

导游打开一扇钢制的门，我们在拐角处转弯。听说当年的事是跟卡明斯基的眼睛有关。我闭上自己的双眼，也像盲人一样摸索着前进。这个场景对我的书至关重要：我把自己想象成卡明斯基，一边向前行走，一边眯起眼睛，摸索着，呼唤着，最终停下脚步，久久哭喊，直到意识到没有人能够听见。我必须竭力描绘这一段，尽可能处理得充满戏剧性，我要将它作为试读片段登在大型画刊上。不知道哪个蠢货撞了我一下，我嘟囔出一句脏话，他也同样回骂我，而此时另一个人又擦过我的手肘。我真的很惊讶，这些人的行为竟然可以如此莽撞，但我克制住了想要睁开眼睛的冲动。我还必须渲染出他的哭喊在一片寂静中荡起的回声，效果一定很好。"一片寂静中的回声。"我小声念叨着。我听见人们往左转。我放开墙壁，小心地往前走了几步，触到对面的墙壁，跟上了前面的人。我能辨着声音走了，好像找到了那么几分感觉。随着一道门关上，我条件反射地睁开了眼睛。只有我一个人了。

一条短短的通道被三盏灯照亮。我有点惊讶，那道门离我居然有超过十米远，但听起来却是那么接近。我快速走过去，打开门。这里也有灯，低矮的矿道顶部吊着纵向延伸的金属管。没有任何人。

我走回通道另一端的尽头。他们刚才应该是往右转，我听错了。我呼出的气息在空气里化成了细小的云雾，缓缓升起。我伸手去拉门，但门锁上了。

我擦了擦额头上的汗，在寒冷中我却感到发热。那就往回走吧。走到分岔路口再重新左转，我们就是从那里进来的。我在那里停下，屏息聆听：没有声音。什么都没有。我从来没有听到过这般死寂。我沿着通道疾速前行，在下一个岔路口顿住了脚步。我们是从右边来的吗？是的吧，是右边。因此现在应该往左。闸门顺畅无阻地打开。灯，金属管，又是一处岔口，看不到任何人。我又走错了。

69

我真想笑出来。

走回上一个岔口，左转。又是那道闸门，门后的通道完全没有灯，整条通道仿佛被地球上从未存在过的巨大黑暗包围，我惊恐地赶紧关上了门。下一组游客肯定很快就会经过这里的，要不然也应该会有工作人员，这座矿还在运营中呢。我静静地听着，咳嗽了两下，又喊了几声，我感到震惊——连回声都没有了。好似是岩石吞没了我的声音。

向右转，往前走，经过了一道、两道、三道门，第四道门锁着。得靠逻辑想想解决办法！我转身往左，走过两道门，在一个十字路口驻足。按导游之前说的，安装这些门是为了避免火灾发生时火势蔓延。如果没有这些门的话，只要一把火，通过空气传递就能烧遍整座矿。这里有火灾报警器吗？我脑中瞬间灵光乍现——我可以点火啊。但我没有能点火的东西，连烟都抽完了。

我突然发现，管道壁上挂着一些冷凝水珠。这是正常现象吗？我试着打开了两道门，一道上了锁，另一道则通往先前已经走过的路——到底是走过还是没走过呢？要是能抽上一根烟就好了。我坐在了地板上。

肯定会有人来的，很快就来，毋庸置疑。这座矿又不可能太大。夜里灯会关掉吗？地面冰凉，我没法一直坐着。于是我站起来，大声喊叫，叫得越发响。这完全是徒劳，我感到寒冷。我继续嘶喊着，直到声音沙哑。

我再次坐下。一丝毫无意义的想法略过，我拿出手机，当然，这里没有信号，再也没有比盐矿更与世隔绝的地方了！我难以作出抉择：现在的我到底只是身处窘境，还是已经陷入了危险之中？我用头倚着墙，以为看到一只蜘蛛，实则不过是个污点，矿下根本不会有虫的吧。我瞥了一眼手表，一小时过去了，在这里时间好像过得更快，否则就是我的人生减了速，抑或仅仅是表不准了。我应该再往前走走还是原地等待？突然，我感到很疲惫，闭目养神了片刻。

我细看岩石的纹路。它们相互倚叠，形成整体，却并不交错，宛若一条大河的支流。一条穿过世界深处无尽长流的盐河。不能睡着，我在心里想，却感觉有个声音在对我说话，我回应着它。不知何处有钢琴在演奏，然后我坐在飞机上，俯瞰地面上辽阔而明亮的风景：山川，城市，远洋，往来的人群，有个孩子在咯咯笑，我看了一眼手表，但视线已经模糊。起身对我来说无比艰难，我整个身体都冻僵了。大门打开，我走了进去，站在艾尔可的客厅里，意识到终究还是有人在等待着我。她向我走来，我欣喜地伸出双臂并睁开眼睛。然而我依然坐在地上，在潮湿的管道下方，在矿灯昏黄的光芒中，只有我自己。

六点刚过。我已经在这儿待了两个小时，冻得瑟瑟发抖。我站起来，一步一步往前挪，一边拍打着双手。我走向坑道尽头，右转，左转，右转，再左转。停下脚步，双手扶着岩壁。

岩壁摸上去非常坚硬。我把额头倚在岩石上，试图说服自己接受这个想法，我就要死了。我是不是应该写点什么，就当作遗言，给谁呢？我膝盖一软跪在地上，一只手在我肩膀上拍了一下。一个留着髭须的导游，以及他身后戴着安全帽、手持照相机或摄像机的一群人。"先生，您在这里干吗？"

我站起来，喃喃地说着些什么，擦掉眼泪，加入了这群游客的队伍。两个日本人好奇地打量着我，导游打开了一道门：嘈杂之声向我扑面而来，坑道里挤满了人。纪念品摊位上贩卖着风景明信片、盐矿石和印着奶白色盐湖的幻灯片。有块"出口"指示牌指向一条楼梯。几分钟后，升降机载着我快速上升。

"您应该明天来才对！"

我抬起头。米莉娅姆·卡明斯基的剪影挡住了我面前的阳光。她漆黑的发丝间透出几缕光线。

"我只是想过来问候一下。"

"您好。再过一个小时我就要出门了，明天回来。"

"我一直希望能和您父亲聊一聊。"

她看着我，好像没听明白的样子。"我父亲身体不舒服。您去外面散散步吧，策尔纳先生。稍微徒步走走。挺值得的。"

"您要去哪儿？"

"我们成立了一个'卡明斯基基金会'。我愿意跟您细致地介绍一下，写进您的书里会很有意思。"

"那是一定。"我明白过来了：只要有她在，我就不可能和卡明斯基单独交流。我缓缓地点了点头，她避开了我的视线。我在她眼里肯定是有些许魅力的。谁知道呢，也许她会把我当作某种危险的人……但是这没什么用。我站了起来。"那我就去走走吧。"

我迅速走进室内，必须躲开，好让她没有机会送我出去。透过厨房半掩的门，我听到餐具的碰擦声。从门缝里瞧了瞧，安娜正在洗盘子。

我走进厨房，她面无表情地看着我。她把头发绑成一条粗粗的辫子，围裙脏兮兮的，脸圆得像个轮胎。

"安娜！"我说，"我叫您安娜，可以吗？"

她耸耸肩。

"我叫塞巴斯蒂安。您叫我塞巴斯蒂安就行。昨天的晚饭太好吃了。我们能聊聊吗？"

她默不作声。我拉过一把椅子，又推开，索性坐在了饭桌上。"安娜，您有什么想做的事情吗？"

她盯着我。

"我的意思是……您可以今天去做。不好吗？"

站在窗前，我看到昨天晚餐时在场的银行家从隔壁的房子出来。他走到停车场，从口袋里掏出钥匙，打开一辆车的车门，费劲地坐了进去。

"我换个方式讲吧。您今天无论想做什么，我都会……不对，让我这么说吧……"

"两百。"她说。

"什么？"

"您到底有多蠢？"她冷静地直视我的眼睛。"两百，到明天中午之前我都可以消失。"

"有点多。"我低声下气地说。

"两百五。"

"开什么玩笑！"

"三百。"

"两百。"我说。

"三百五。"

我点头了。

她伸出手，我掏出皮夹开始数钱。通常我随身是不带这么多钱的，这本来是这趟旅行我所有的预算。

"快点！"她说。她皮肤泛着锃亮的油光，一把拿走了钱。她的手很大，纸币瞬间消失在她手里。"今天下午我妹妹会打电话来，然后我就说我得马上到她那儿去。明天中午十二点我会回来的。"

"早一分钟都不行！"我说。

她点头同意。"现在您可以走了！"

我心虚地走到门口。那么多钱！但我的目的达到了。天知道，我的手法毫不露怯，她没有机会拒绝我的。我轻轻地放下包，让它靠在墙边。

"策尔纳先生！"

我转过身去。

"您迷路了吗？"米莉娅姆问。

"没有，我……只是……"

"我不想给您留下错误的印象。"米莉娅姆说，"我们很高兴，对于您所做的一切。"

"我知道。"

"目前真的有点为难。他生病了。总是像个孩子一样。但是您的书对他非常重要。"

我点头表示完全理解。

"到底什么时候能出版呢？"

我心里一惊。她是在怀疑什么吗？"现在还不确定。"

"为什么不确定？梅格巴赫先生也不愿意说。"

"这取决于很多因素。比如……"我耸了一下肩。"很多因素。很多很多因素。但一定会尽快出版的！"

她看着我，若有所思，我赶紧向她告辞，转身离开。下坡的路这次好像变短了一些：空气中弥漫着花草的气息，一架飞机从碧空徐徐划过；我感到愉快而轻松。我去自动提款机取了钱，然后去药店买了把新的剃须刀。

走进旅馆房间，看着墙上那幅画中的老农，我吹起口哨，手指在膝盖上打着节奏。我还是有那么点紧张。

连鞋都没脱，我躺倒在床上，盯着天花板好一阵子。我站在镜前，良久地凝视着自己，直到发觉镜中之人是如此陌生而荒唐。我刮了胡子，洗了很长时间的澡。随后我拿起听筒，拨号，一个已经烂熟于心的号码。电话响了五声，有人接了起来。

"莱辛女士！"我说，"还是我，塞巴斯蒂安·策尔纳。请别挂电话！"

"打错了！"一个尖尖的声音说，"不是！"

"我只求您先听我说一说！"

她挂了电话。我听了几秒钟占线的声音，然后又拨了一次号码。

"又是我，策尔纳。请您给我一点点时间……"

"不行！"她又挂断了。

我骂了一声。没办法，看来我真的有必要亲自去一趟了。偏偏又添了一个麻烦！

我在广场上的一家餐厅吃了一份恶心的吞拿鱼沙拉。周围坐着的都是游客，小孩子们打打闹闹，爸爸们翻看地图，妈妈们把叉子戳进超大份蛋糕。女侍者很年轻，长得不算差，我把她叫来，跟她说，色拉里油太多，请她拿走。她表示很乐意，但我还是得付钱。可是我差不多一口都没吃，我说。她说，那是我的事。我要求见老板。她说老板晚上才会过来，我可以等等。我也没什么别的事好做，我说完冲她眨了眨眼。结果我还是把沙拉吃掉了，结账时来的不是她，而是一个肩宽体厚的男侍者。我没有付小费。

我买了包烟，问旁边一位年轻人借火。我们聊了起来：他是个大学生，学校放假期间回来探望父母。我问他学的是什么？艺术史，他边说边局促地瞄了我一眼。这很合理，我说，特别是从这个地方来的人。他问我为什么这么说？我指了指山坡的方向。天呐？不是吧，我说，有个大画家在这里定居啊！他没听明白。卡明斯基！他仍旧困惑地看着我。

我问他是否真的不认识卡明斯基。不，他不认识。马蒂斯的最后一位学生，我解释道，经典大师中的代表人物……这些东西不是他的研究方向，他打断了我的话，他专攻的是阿尔卑斯地区的当代艺术。那个领域正在形成一种令人兴奋的趋势，比如甘姆豪尼许，当然，还有葛绪尔和瓦格海纳。都是些什么人？瓦格海纳，他提高音调，脸都涨红了。瓦格海纳至少得知道吧！这个人现在只用牛奶和可食用材料作画。我问为什么。他点了点头，这个问题他很乐意回答：因为尼采。

我怯怯地后退了一步，问他，瓦格海纳是新达达主义艺术家吗？他摇头。那他是行为艺术家咯？不，他回答，不，不是的。他表示怀疑，我难道真的没有听说过瓦格海纳？我摇摇头。他絮絮叨叨地说了些我听不懂的话，我们充满困惑地对视，随即分道扬镳。

我走回旅馆，整理好行李，把账结清。明天我会再次住进来，但如果我今天不在的话就没有任何理由多付一晚的钱。我向老板娘点头打招呼，扔掉烟头，寻到了那条小路，往上走去。我不需要计程车了，这条路我现在已经能轻松驾驭。尽管拎着行李箱，我很快便抵达了路标处。沿马路上行，转一个弯，两个弯，三个弯，到停车场。花园大门前依然停着那辆灰色宝马。我按下门铃，安娜马上开了门。

"没人在家吗？"我问。

"只有他。"

"但那辆车为什么还在？"

"她坐火车走的。"

我直直地盯着她的眼睛。"我把包落在这儿了，所以回来拿一下。"

她点头应许，向屋里走，任大门敞开。我尾随其后。

"我妹妹打电话来了。"她说。

"是吗！"

"她有事让我帮忙。"

"您要是需要离开，我可以留在这儿陪他。"

她看着我，顿了几秒。"那可真是太好了。"

"理所应当的嘛。"

她扯了扯罩裙，拉平褶皱，弯下腰，提起鼓鼓囊囊的旅行袋。她朝门口走去，略显踯躅，迟疑地望着我。

"放心吧！"我轻声道。

她点了点头，大声吸气又吐出，然后离开并带上了门。透过厨房的窗户，我看见她步伐零碎而沉重地走过停车场。旅行袋在她手中摇摇晃晃。

6

　　我站在门厅，聆听室内的动静。左边是大门，右边是餐厅，面前是通往二楼的楼梯。我咳嗽了一下，一片寂静之中我的声音显得格外突兀。

　　我步入餐厅。窗户全都关着，室内很闷。有只苍蝇冲撞着玻璃。我蹑手蹑脚地拉开柜子最上面一层的抽屉：餐垫，叠得整齐、干净。下一层：刀、叉、汤匙。最底层：二十年前的旧杂志，《生活杂志》，《时代周刊》，《巴黎竞赛画报》，杂乱无章地混堆在一起。陈年朽木已经不好用了，我差点合不上抽屉。我走回门厅。

　　我左边有四道门。打开第一扇门：房间不大，有床、桌子、椅子、一台电视机、一幅圣母马利亚画像，以及一张马龙·白兰度年轻时期的照片。肯定是安娜的房间。第二扇门后是厨房。接着是昨天下午他们接待我的那个房间。打开最后一扇门，是一条通往地下室的楼梯。

我拿着包，摸索着灯的开关。一颗孤独的灯泡将浑浊的光打在木梯上。木板嘎吱作响，楼梯很陡，我不得不紧紧地把住扶手。我打开开关，灯瞬间全数亮起，我立即眯上眼睛。逐渐适应强光之后我看清了：我正站在一间画室里。

这是一个没有窗户、靠四盏探照灯照明的空间：无论是谁曾长期在此工作，他显然不需要任何自然光。空间的中央有个画架，架上是一幅刚刚起笔的作品，画笔在地上四处散落。我弯腰摸了摸那些笔，全都干了。旁边有个调色盘，上面的颜料坚硬如石且龟裂开来。我深吸一口气，这里和一般的地窖一样，有点潮湿，一股樟脑丸的味道，却没有颜料或松节油的气味。已经很久没有人在这里画过画了。

画架上的画布几乎没怎么动过，仅仅三笔线条均分了整张白色画面。三条线从左下角同一个点上起笔，由那一点发散而延伸，右上方是一小片以粉笔轻描出的旷野。没有底稿，空空如也，无从知晓最终成画究竟会是什么模样。向后退了一步，我发现此刻自己有四条影子，每盏探照灯拉长一条身影，四道强光在我脚下交汇。墙边靠着好多件大幅作品，全都用帆布罩着。

我揭开第一块帆布，吃了一惊。两只眼睛，一张狰狞的嘴：这是一张脸，走形得令人惊异，如湍流之中的一枚倒影。这幅画以明亮的色彩完成，红色线条从面孔上逐渐消失，仿佛濒熄的火焰，那双满是诘问与残酷的眼睛死死凝视着我。尽管这毋庸置疑是他的风格——薄薄的颜料涂层，对红黄色系的偏爱，无论是康梅纽或是梅林都提到过这些——但它看起来与我所了解的卡明斯基截然不同。我试图找到他的签名，然而并没有。我掀起第二张帆布，这一动立刻扬起了一片尘埃。

是同一张脸，但在这一幅上小了一些，现出完整的圆形，嘴角挂着一撇讥诮的微笑。下面一幅依旧是这张脸，这次嘴巴咧开得很夸张，眉毛径直向鼻子倾斜下来，额头上叠着一道道面具般的皱纹，头顶竖着几根稀疏的发丝，如纸上的裂纹。没有颈项，没有身躯，仅仅一颗分离的头颅，悬浮于空无之中。

我一张一张地将帆布揭去，这张脸变形得越发剧烈：下巴越拉越尖，色彩越来越刺眼，额头与耳朵长得过分，然而双眼则显得愈加疏离，超脱。继续揭开下一幅，画上轻蔑的目光直盯着我。此刻，仿佛有一张从哈哈镜中向外突起的脸，带着小丑的鼻子和起皱的抬头纹。再下面一幅——帆布卡住了，我使尽全力把它扯下来，到处尘土飞扬，我不禁打了个喷嚏——这次整张脸的五官挤压在一起，像是杂耍人攥紧拳头，将手中的布偶捏作一团。下一幅的画面模糊不清，有如透过一层正在融化的霜雪。其他画还处于未完成的状态，都仅为寥寥几笔的草稿，只分辨得出那是额头，这是面颊。墙角扔着一本像是被丢弃的速写簿。我捡起来，拍掉上面的尘土，翻开。还是同一张脸。从上，从下，从各种不同的视角，甚至有一张的角度像是在面具的背面从内向外看。草稿全部用炭笔处理，但越往后线条就越不顺，笔触颤抖，无法连贯起来。最后索性是涂成了厚厚的黑色方块。炭笔的碎渣看得我不寒而栗。之后的页面就全是空白了。

　　我放下速写簿，开始在那些作品上找签名和日期，却一无所获。我把画布反过来，细致地检查画框，一片碎玻璃掉了下来，我用手指轻轻捏起。其实还有很多，每一幅画后面的地上都堆满了碎玻璃。我举起玻璃片对着灯，眯起眼睛看：探照灯强烈的光线透过玻璃产生了折射，黑色的灯托扭曲成波浪形。这是打磨过的镜片。

我从包里拿出相机。一个小巧又好用的柯达，来自艾尔可的圣诞礼物。探照灯足够亮，我不需要用上三脚架或闪光灯。我半蹲着，微微前屈。《晚间新闻》的摄影总监曾经跟我说过，画作一定要从正前方进行拍摄，以此避免因角度问题而产生的偏差，这样才可以用来印刷。每幅作品我都拍了两遍，身体站直，倚着墙喘了两口气，接着拍画架、满地散落的画笔和玻璃碎片。我不停按下快门，直到用光胶卷。随后我收起相机，重新将帆布罩回画上。

这是桩费劲的差事，因为帆布总是被钩住。在哪里见到过这张脸？我催促自己加快速度，不知何故，只想快点离开这里，越快越好。为什么总觉得是似曾相识的面孔呢？到了最后一幅画前，正对上那蔑视的目光，我赶紧用帆布把它遮住。我轻手轻脚地走到门边上，关上灯，终于长舒了一口气。

回到门厅，我再次竖起耳朵聆听室内的动静。客厅里的苍蝇仍在嗡嗡地飞舞。"您好？"没人应声。"您好？"我慢慢地走上二楼。

右边有两扇门，左边也是，一扇在走廊的尽头。我打定主意从左边开始，先敲敲门，稍待片刻，再开门。

这应该是米莉娅姆的房间。一张床、一台电视、几个书架，有一幅卡明斯基《反射》系列中的作品：三面镜子，中间随意摆放着一块抹布、一双鞋子和一支铅笔，似是戏仿的静物画，营造出完美的平面构图，若是余光不经意一瞥，甚至还有些许活动影像的感觉。这幅一定很值钱。我转身朝柜子走去，里面只有衣服、鞋、帽子、几副眼镜和真丝内衣。我任由一条小巧的内裤从指缝间滑过，在我认识的女人里，没有一个是穿真丝内衣的。床头柜的抽屉里堆满了药瓶：缬草安眠药、安定片、班内多姆等等，各式各样的安眠药和镇定剂。这些药的说明书想必很有意思，但我没时间仔细看了。

边上是一间浴室。十分干净，飘着清洁剂的味道，浴缸里有块还没干的海绵，镜前摆放着三瓶香水。果真没有香奈儿，都是我不认识的牌子。没有剃须用品，显然，她父亲用的是另一间浴室。而一个盲人要怎么刮胡子呢？

走廊尽头的那扇门通向一个完全不透风的房间。很久没擦过的窗台，空空的柜子，没有铺过的床，看来这是间长期无人使用的客房。窗沿上有只小小的蜘蛛在蛛网上轻晃。桌上摆着一支铅笔，尾梢的橡皮已经几乎磨光了，还有一些木刻齿模。我拿起一副齿模，在手里把玩片刻，放回桌上，走出了房间。

还有两扇门。我敲了敲第一扇门，等了一会儿，又敲了几下，然后开门进去。一张双人床、一张桌子、一把摇椅，有面半开着的门，通向一间狭小的浴室。百叶窗整个拉拢，天花板的灯亮着。在摇椅里坐着卡明斯基。

他好像睡着了，闭着眼睛，身着一条对他来说过于宽大的睡袍，袖子挽了起来。他的手够不到摇椅扶臂的上端，椅背高出他头顶很多，两脚悬空着。他突然动了动额头，转过头来，睁开眼睛，又迅速闭上，问道："是谁？"

"我，"我回答，"策尔纳。我的包落在这儿了。安娜得去她妹妹那里一趟，她问我可否留下，我就答应她了，所以……我想过来跟您打声招呼，要是您有什么需要尽管跟我讲。"

"我有什么需要的呢？"他平静地说，"那个肥婆。"

我很疑惑自己是不是听错了。

"那个肥婆，"他又重复了一遍，"压根就不会做

87

饭。您给了她多少钱？"

"我不太明白您的意思。不过，您要是方便的话，我们可以聊聊……"

"您去过地下室了？"

"地下室？"

他指指自己的鼻子。"能闻出来的。"

"什么地下室呀？"

"她心里很清楚，我们不敢让她滚蛋。因为这上面根本没人愿意来。"

"需不需要我……帮您把灯关掉？"

"灯？"他皱起眉头，"不，不用了。我习惯这样。不必麻烦。"

他是不是又吃过安眠药了？我从包里掏出录音机，按下开关，搁在地板上。

"那是什么东西？"他问。

此刻最好是直奔主题。"能跟我谈谈马蒂斯吗？"

他默不作声。我着实想看清楚他的眼睛，然而不戴眼镜时他总是闭着眼。大概是习惯吧。"尼斯的那间房子。我以前也想着要在那样的房子里体验一把。今年是几几年来着？"

"什么?"

"您肯定去过地下室了。今年是公元哪一年?"

我回答了他。

他伸出手,揉揉脸,我盯着他的双脚。两只羊毛拖鞋悬空晃晃荡荡,孩童般白皙的小腿肚露了出来,干干净净,也没什么腿毛。

"我们在哪里?"

"在您家啊。"我悠悠地说。

"您就直说吧,到底给了那个肥婆多少钱!"

"我还是待会儿再来吧。"

他用力吸了一口气。我赶紧往外走,并且把门带上。对他而言应该是挺不容易的。得给他点时间调节一下情绪。

我打开最后一扇门,终于找到了办公室。摆着电脑的书桌、转椅、书柜、档案、文件夹。我坐下,双手托着下巴。太阳已低垂,远处的登山缆车沿着缆线爬至山顶,在日照中泛出亮光,最终消失在对面的森林里。隔壁忽然传来一阵嘈杂之声,再去细听又没动静了。

我得按部就班地展开搜索。这是米莉娅姆的办公室,她父亲大概好多年都没来过了。首先应该把所有摊在外面的文件都筛选一遍，然后从下往上，逐个检查书桌的抽屉，接着再由左向右一一查看书柜。看看，到了紧要关头，我也是能把事情做得有条有理的。

大部分是财务资料和文件。各种银行明细和对账单，金额总数比我预期的少。有瑞士银行私密账户的资料，金额不大，但是必要之时可以拿来当作威胁工具。有与画商之间的合同：博戈维奇原先能够抽四成，后来只有三成，真是少得可怜，不管跟他做交易的是谁，这个人一定非常精明。一份私人医疗保险合同——保额很高——以及一份人寿保险，奇怪，竟然是米莉娅姆的，不过保额并不显眼。我打开电脑，主机高声发出很大的动静，而且要输密码。我试着输了"米莉娅姆"、"曼努埃尔"、"艾德里娜"、"爸爸"、"妈妈"、"你好"，甚至"密码"，但是全都没用。气得我关了电脑。

然后是一大堆信件。首先是和画商之间的往来，全是打字机的复写拷贝，信中讨论着每一幅画的价钱、交易事宜与运输方式，还有印刷版权，明信片和画册的版权。大多数信件出自米莉娅姆之手，仅有少数几封是经父亲口述由她落笔的，随后她父亲签名。但最旧的那叠信是卡明斯基的亲笔：买卖之间的磋商，向对方提出建议或要求，在他成名以前甚至可以说是恳求。他年轻时字迹非常潦草，每行字都向右倾斜，字母"i"的那一点飞出去很远，根本不在行间。接着是一些给记者采访回信的副本：我父亲现在不是，也从不曾是写实画家，因为他从不认为这一概念有什么意义，所有的画，要么全是写实的，要么全都不是，对于这一点，我们只能如此表态了。几封克鲁尔和其他朋友的来信：约见面时间，简单答复，生日祝福，还有一叠保存整洁且完好的圣诞卡片，梅林教授寄来的。此外是各方大学的讲座邀请。据我了解，他从未做过公开演讲，显然是通通回绝了。

接着是一张照片，照片上是他寄给克拉斯·欧登伯格的一张怪异的卡片。卡明斯基先对他的帮助表达了感激，继而则甚为遗憾地表示不得不实话实说，因为在他看来，欧登伯格的艺术毫无价值可言，只是一通乱搞——请原谅我的坦白，但对于我们这行来说，善良的谎言是唯一的恶。书桌最下面，在紧挨着地板的抽屉里，我找到一个带着小锁的厚质皮面文件夹。我试着用拆信刀把锁撬开，没用，只好先搁在一边，待会儿再想办法。

我看了一下手表：得手脚麻利一点才行了！怎么都没有见到给多米尼克·席尔瓦、艾德里娜或者特蕾莎的信呢？那个年代不就流行写信吗？什么都没有找到。我听到引擎的动静，不安地走到窗边。一辆车停在楼下。克鲁尔从车里跨出，左右张望了一下，往卡明斯基家走了几步，又转向旁边，我松了一口气，他关上了自家花园的大门。我听见卡明斯基在隔壁房间干咳的声音。

我走向书柜。逐一翻开文件夹：保险材料；土地产权复本，十年前他在法国南部购置了一块地，后来赔钱贱卖了；跟一个画商打官司的诉讼文件，那位画商私自出售他早期象征主义时期的作品；一些陈旧的草稿，细致描绘着各个镜面之间的光线折射。我大约估了个价，内心挣扎了好一阵子才克制住想从里面抽走一张的冲动。最后一个柜子：旧账单，和过往八年报税材料的复件。真想把内容都细看一遍，但没时间了。我敲了敲墙壁，期望着有秘密抽屉或者后墙中的夹层。我趴在地上寻找，连书柜底下都没有放过，又站在椅子上，从高处仔细检视着地面。

我打开窗，坐到了窗台上，点起一根烟。风将烟灰吹落，我把烟徐徐吐进凛冽的空气里。太阳已经落至山巅，旋即要消失了。现在就剩那个皮质文件夹了。我扔掉手中的烟头，坐在书桌前，抽出随身携带的一把小刀。

在背后下手，从上往下一刀划开。皮革已有些许裂纹，随着刀刃划过发出吱吱咯咯的撕裂声。我划得十分小心，动作缓慢，从背后轻轻打开文件夹。事后一定不会被察觉到的，只要卡明斯基活着，谁会把这些东西拿出来？而等他死了也就没人会在意了。

只有几封信。马蒂斯写下短短几行字，预祝卡明斯基展览成功，他向多名藏家推荐了卡明斯基，对他有很大的信心，顺致敬意与祝福……下一封仍是马蒂斯的来信：展览收效不甚理想，他深感遗憾，然而对此无可奈何，他的建议是保持严肃的态度，持续创作，相信卡明斯基先生的未来绝对是乐观的，谨此致以诸事顺意的祝福……毕加索的电报：《散步者》太好了，真希望它出自我手，一切顺利，好朋友，要永葆活力！然后，严重泛黄的三封信，理查德·雷明写给他的。手稿的字迹细小难辨。第一封我认得出，因为所有雷明的传记都收录了这封信，真迹突然就到了我手里，感觉有些奇妙。雷明写道，他现在是在船上，此生大概没有再见面的机会

93

了。不值得悲伤，这不过是一桩事实而已。分别以后，纵然这具饱受摧残的躯壳还足以继续存留，也无法让我们再回想起昔日的假面，无法让我们认出彼此，换句话说，这个世界上真的有永别，此番即是了。他的船正向一处港湾航行，书上是这么写的，旅程表和他捏在手中的船票也这样写着，但他依旧不能相信事实。他的存在，至多是被人评价为一个向生活低头的人了，现在他即将走完人生最后的阶段，保险都还没有起过作用，于是，他，雷明，决定行使他的权利，认一个养子，而没有谁比这封信的收件人更具资格拥有这个头衔了。他为自己建筑了一种人生，不值得拥有这些名望的人生，活在此间，却不知道是为什么，承受，也仅仅因为必须如此，他常感到恐惧，时而写诗，有几首的确为他带来了好运，使他能够窥视到快乐与满足。所以，他实在没有资格去劝导别人不要走类似的路。他所愿唯有曼努埃尔能免遭悲伤之苦，这已经足够了。事实上，这就是他全部的心愿。

雷明的另两封信更旧了，是卡明斯基还在求学时期写的。其中一封劝他不要再从寄宿学校逃学，对他没有好处，他应该坚持下去。他能断言有朝一日卡明斯基会为此感激他，但他愿意向其保证，总有一天他会摆脱这一切，实际上，人总会摆脱掉大部分的事情的，无论愿意还是不愿意。在另一封信里，雷明写道，《路边集》下个月即将出版，他以孩童般忧愁的欢乐盼望着这本诗集，仿佛孩子会害怕得到不是自己期待的那份圣诞礼物。但他很明白，他总是能得到他想要的。我不大懂这话是什么意思，整封信的口吻冷淡而造作。我原本对雷明就没什么好感。

下一封是艾德里娜的来信。她思考了很久，要做决定是艰难的。她知道，让人幸福并非卡明斯基所长，况且"幸福"对他的意义是与常人不一样的。尽管如此，她仍愿意嫁给他，她做好了面对风险的准备，就算这是个错误，她也将义无反顾。这个决定肯定在卡明斯基的意料之中，但对她而言则是桩巨大的意外。她感谢卡明斯基给她考虑的时间，她对未来充满恐惧，但或许就是非如此不可的，或许有一天她会说出他期望听到的话。

我又读了一遍，不知道为什么，竟生出一股无由的战栗。最后，剩下一张纸，一张薄薄的格纹纸，像从小学生的作业本上撕下来的。我将其置于面前，用手抚平。这封信的时间恰好比艾德里娜来信早了一个月。曼努埃尔，我在此写下的这些仿佛并不真实。我……乍响的铃声打断了我，是门铃。

我慌忙下楼，打开门，一个满头灰发的男人靠在篱笆旁，戴着一顶颇有当地传统特色的帽子，随身提着一只鼓鼓囊囊的包。

"您是？"

"马策勒医生。"他的声音非常低沉。"预约好的。"

"您有预约？"

"他跟我约好的。我是医生。"

完全没料到还会出现个医生。"但是现在不行。"我强势地说。

"什么不行？"

"现在不行。您明天再来吧！"

他摘下帽子，摸了摸头。

"卡明斯基先生在工作，"我说，"他不希望被打扰。"

"您是说，他在画画？"

"我们正在讨论他的传记，他需要完全的专注。"

"他的传记？"他将帽子戴好。"需要完全的专注。"见鬼去吧,他为什么每句话都要重复一遍?

"我叫策尔纳,"我说,"我是他的传记作家和好友。"我向他伸出手,他迟疑了一下才握住,他的手劲大到令人难受,我立刻还以颜色。他瞪着我,一副不信任的神情。

"我要去看看他。"他向前挺了一步。

"不可以!"我拦住他的路。

他怀疑地看着我。难道他在试探我是否真的会拦住他?那就试试啊,尽管来!

"不就是例行的常规检查吗,"我说,"他又没什么事。"

"您凭什么这么说?"

"他真的很忙,绝对不能打断他,因为有很多很多的……回忆。他非常看重这次合作。"

他耸耸肩,眯起眼睛,退回去一步。我赢了!

"真的很抱歉。"我很有风度地说。

"您说,您叫什么?"他问。

"策尔纳,"我说,"再见!"

他点点头,我笑了笑。他盯着我的眼神一点都不友善,我终于把门关上。我到厨房的窗边悄悄张望,看见他走向车，把提包放到后座，坐进驾驶室将车发动。但他突然又熄火，摇下车窗，远远地瞄了房子一眼。我吓得赶紧往后缩，片刻之后才敢再贴近窗户，正好看到他的车转弯开走。我如释重负，重新回到楼上。

曼努埃尔，我在此写下的这些仿佛并不真实。我只是在心里想象着要写出来，之后不必塞进信封里，不必寄往现实之中，寄给你。刚才我去了电影院，电影新闻周报里的戴高乐还是跟以前一样滑稽，电影院外面是融雪的天气，今年第一场融雪，我试着说服我自己，这和我们一点关系也没有。事实上，我们之中没有人会相信——不论是我、可怜的艾德里娜或是多米尼克，我们都不相信有人能够离开你。然而，我们或许都错了。

过了这么久，我还是不明白，我们对你而言意味着什么。也许是镜子(让你能看出你自己)，有义务去反射出你的影像，把你变成一个伟大、多才且渊博的人。是的，你将名扬四海，那是你应得的。想必你现在想去艾德里娜身畔，接受她能给予你的一切，并计划好如何让她在离开后，认为当初和你在一起全是她自己的决定。或许你打算将她打发给多米尼克。然后依然会有其他人出现，其他镜子。但不会是我了。

　　不要哭，曼努埃尔。你总是很容易落泪，这次把机会让给我吧。当然，这就是结局了，我们都死了。但这不代表我们再也不存在于此，无法遇到其他人，无法散步，无法在夜里有梦，无法做好所有事情，活像是行尸走肉般的傀儡。我不知道，我是否真的在这里写下这封信，也不知道我会不会寄出去。假如是真的，假如我真的做到了，而你也真的读到这封信，那么，请你务必正视并理解我的心意：就让我死了吧！别打电话，别来找我，从今而后我不存在了。此刻临窗远望，我问自己，为什么他们所有人都不……

　　我赶紧翻到反面，却什么都没有了，后面的部分应该是遗失了。我又把所有信件翻了一遍，依然找不到缺失的信纸。我哀叹着拿出笔记本，把这封信完整地抄录下来。铅笔芯被我折断了好几次，慌忙中我的字迹潦草到无法辨识，十分钟以后，终于抄完了。我把所有信件放回文件夹中，再把文件夹塞进抽屉最底层。然后关上柜子，再把其他档案都排列规整，仔细检查还有没有抽屉开着。我点点头，感到很满意：绝对不会有人发现这里被动过手脚的，我处理得简直是干净利落。太阳刚刚下山，余晖中，山峦高耸而陡峭，转瞬间却又变得平缓、辽远。是时候了，该亮出我手里的王牌了。

敲了敲门，卡明斯基没回应。

我走进去。他还坐在椅子上。录音机一直安静地放在地上。"又回来了？"他问，"马策勒人呢？"

"医生刚才来过电话，他有事来不了。我们能聊聊特蕾莎·莱辛吗？"

他沉默着。

"我们能聊聊特蕾莎·莱辛吗？"

"您一定是疯了。"

"您听我说，我是想……"

"马策勒到底怎么了？那家伙是不是想要我早日暴毙？"

"她还活着，我还跟她说过话。"

"您帮我打电话给他。真是不知道他怎么想的！"

"您听我说，她还活着。"

"谁？"

"特蕾莎。她丈夫去世了，她还活着。住在北边，靠海。我有她的地址。"

他不说话了。慢慢抬起一只手，揉了揉额头，又垂下。他的嘴张开又闭上了。眉头紧紧蹙起。我瞥了一眼录音机，录音功能已经开启，我们说的每句话都会记录下来。

"多米尼克告诉您她已经死了。但这不是真的。"

"这不是真的。"他声音微弱，胸口却在剧烈起伏，我不由得担心起他的心脏。

"我也是十天前才知道的。不过要打听清楚并不难。"

他又沉默了。我仔细打量着他：他转过头对着墙壁，但没有睁开眼睛。他的嘴唇颤抖着。两颊鼓起，长长地吐了一口气。

"我最近会去拜访她，"我说，"可以帮您问她，任何您想问的事。您要先告诉我，当初究竟发生了什么事。"

"您到底在胡扯些什么！"他有气无力地说。

"难道您不想知道真相？"

他陷入沉思。被我捏住了吧？这点他肯定没算到：而且他还低估了我塞巴斯蒂安·策尔纳！我紧张得镇定不下来，索性走向窗户，透过百叶窗的缝隙向外窥探。随着时间一分一秒的推移，山谷中的灯光越来越明亮了。夜幕之中，一簇一簇饱满的灌木丛宛若铜雕。

"下周我就能见到她了，"我说，"到时候我就能问她……"

"但是我不能坐飞机。"他忽然说。

"没关系啊。"我一派淡定地回答，他却显得心乱如麻。"您只要待在家里。都交给我就好了！"

"我的药放在床边。"

"挺好的。"

"您是白痴吗？"他冷静下来对我说，"要记得帮我带上。"

我发蒙地看着他。"带上？"

"我们一起开车去。"

"您不会是认真的吧！"

"怎么就不是了？"

"我肯定帮您把问题都带到。但一起去真的不行，因为您确实太……病得挺厉害的。"我差点脱口而出

"太老了"。"这个责任我担待不起啊。"我在做梦，还是我们真的在交谈吗？

"您会不会搞错？您真的没有弄错人吗？您会不会被骗了？"

"谁敢啊？"我掷地有声地说，"没有人敢对我塞巴斯蒂安·策尔纳……"

他轻蔑地哼了一声。

"真的，"我说，"她还活着，而且……"我犹豫了一下，"……她很愿意跟您谈一谈。您可以打电话给她……"

"我不打电话。您真的不打算把握这次机会吗？"

我为难地摸着额头。到底发生什么了，刚刚还一切都在我掌控之中，一转眼就逆转了。但他说得也有道理啊！旅途上我们会共处两天，能有这么长的时间跟他待在一起，我原先想都不敢想。我可以尽情对他发问。我的书将会成为永久性的原始资料，大学生们要读，连艺术史专家也要引用。

"这感觉真奇怪，"他说，"感觉您进入了我的生活，真是奇怪又不舒服。"

"您是名人啊。这不是您追求的吗！当个知名人士，有名就意味着身边一定会有像我这样的人。"我也不知道为什么要跟他扯这些。

"柜子里有个行李箱。帮我整理些东西带上。"

我感到呼吸困难。这可不行啊！我原本只是想让他震惊，扰乱他的情绪，好让他跟我谈特蕾莎。但我压根没想过要把他拐走！"您有好多年没旅行过了。"

"车钥匙挂在大门边上。您会开车的吧？"

"技术好得很。"他当真是想——现在，立刻，就这样，跟我一起走……？他一定是疯了。但换个角度想想，这是我的问题吗？显而易见，这场旅行肯定会危害到他的健康。这样一来，我的书反而可以提前出版了。

"现在您有什么打算？"他问。

我坐在床边。冷静，我在心里反复告诫自己，要冷静！考虑清楚！我也可以一走了之，然后他会睡着，明天一早肯定就什么都不记得了。但我这辈子最重要的一次机会也将就此泡汤。

"好，出发！"我大叫一声，从床上一跃而起，床板发出尖锐刺耳的声音，他吓得缩成一团。

他痴痴地呆坐了一会儿，仿佛现在反倒是他不敢相信了。然后他缓缓伸出手来，我赶紧握住，就在那一瞬间我意识到，事情就这么决定了。他的手很凉，很软，却握得很紧。我撑着他，帮他从躺椅中站起来。我踌躇着，他拉着我向门走去。他在走廊上停下，换我心意坚决地推他向前。但在下楼的时候，我真的不知道到底是谁在引着谁了。

"别这么急啊！"我哑着嗓子说，"我还得去帮你拿行李。"

7

现在我真的开着一辆宝马。路陡峭地向山下延伸，一片漆黑之中，车灯只能照亮前方几里的柏油路面。一连串的弯道着实难以驾驶。又一个转弯，我用力打方向盘，马路曲折的程度越来越大。我心里想着，该结束了吧，但道路依旧在盘旋，我们几乎贴着右沿行驶，引擎发出咳嗽般的噪音，我赶紧切换到低速挡，车子轰隆一声，弯道总算结束了。

"您应该早点换挡的。"卡明斯基说。

我来不及回答，下一个弯道又来了，我必须全神贯注：换挡，轻踩油门，再把挡位打回去，引擎又发出了低沉的咆哮。终于，马路直直地向前延展。

"您瞧瞧！"他说。

我又听到他咂嘴的声响，从眼角瞥见他的下颏微动。他戴着墨镜，双手抱臂环在胸前，头靠在椅背上，衬衫和羊毛衫外面还罩着那件睡袍。之前我帮他系好鞋带，扣上安全带，但他立刻将安全带放开，脸色变得苍白，情绪激动。我打开驾驶座旁的储物柜，按下录音机放了进去。

"您最后一次见到雷明是什么时候？"

"他坐船离开的前一天。我们一起散步，他叠穿了两件大衣，因为他觉得特别冷。我说，我的眼睛有问题。他说：'要锻炼你的记忆！'他一直在轻轻拍手，眼带泪光。是一种慢性炎症。他为那趟旅途担忧，因为他非常怕水。其实理查德什么都怕。"

面前突然出现了我见过的最长的弯道，感觉仿佛在绕圆圈，足足绕了一分钟。"他跟您母亲的关系如何？"

他沉默了片刻。渐渐现出了村子里的房屋：一幢一幢黑影、透着光亮的窗户、路标、几秒之间从我们头上飞逝而过的路灯，中央广场展示着它明亮的橱窗。又一个路标，这次一闪而过，然后又是黑暗。

"他就那样待在那里。吃他的饭，看他的报纸，晚上进房间做他的工作。我母亲和他一直都用敬语相称。"

这条弯道也很长。我握住方向盘的手稍稍放松了一些，身体也敢往后靠了。我已经逐渐适应了弯道驾驶。

"他没有兴趣把我画的那些乱七八糟的东西放进他的书里，但是，他怕我。"

"真的吗？"

卡明斯基窃笑着，"我当时十五岁，有点疯狂。可怜的理查德，他以为我什么事情都做得出来。我从来都不是个讨人喜欢的孩子。"

我不作声，心里暗自生气。他跟我说的这些话肯定是独家，但这一切听起来好像不太可能是真的，他似乎是有意误导我。我能去向谁求证呢？我身旁坐着的就是世界上最后一个认识雷明的人，除了那几本书以外，关于雷明的一切——要穿两件大衣，轻轻拍手，什么都怕，眼带泪光——这一切都将随着他的记忆消失。或许我偏偏就是最后一个亲耳……我到底在想什么？

"马蒂斯也一样。他一心想把我撵走，但我就是不走。他一点也不喜欢我的画，但我就是不走！您懂不懂？赖着不走，结果会怎么样呢？就是一定能达到许多目的。"

"我懂。当初我写韦尼克那篇报道的时候……"

"他能拿我怎么办？最后只好把我推荐给一位收

藏家。"

"多米尼克·席尔瓦。"

"是的，他非常了不起，专心致志干自己的事情，让人印象深刻，但对我来说都无所谓。年轻艺术家总是有点怪癖的，被贪婪和野心冲昏了头脑。"

最后一个弯道终于通往了公路。已经可以看见火车站的圆形屋顶了，山谷很狭窄，火车轨道与公路紧邻而行。一辆迎面驶来的车突然刹住，朝我猛按喇叭，我不以为意地开过去，这才想到我还一直开着远光灯。又一辆车突然刹车，我赶紧换成近光灯。我刻意避开上高速公路的闸口，我可不想付什么过路费。反正这时候公路上基本上没有车，沿途满是森林的暗影，漆黑的村落，如同行驶在一片无人之境。我把窗开了一道很大的缝，感到自己轻飘飘的，很不真实。赶着夜路，与世界上最伟大的画家独处。一周以前谁能想得到！

"我可以抽烟吗？"

他没有回答，睡着了。我故意大声咳嗽，没用，他还是没醒来。我用力敲了敲方向盘，清嗓子，哼歌。他不可以睡着，他应该跟我说话！最终我放弃了，关掉了录音机。好一阵子，我听着他的鼾声，然后给自己点了根烟。连烟都熏不醒他，他哪里需要什么安眠药啊？

我不停地眨眼，有一刻感觉自己仿佛睡了过去，吓得清醒过来，幸亏什么事都没发生。卡明斯基依旧打着鼾，公路上依旧没有车，我把车开回右边的车道。一小时后他醒了，叫我停车，他想上厕所。我紧张地问，需要我帮忙吗？他迷迷糊糊说那样更好，然后就踏出车门，在车前灯的散光里解开裤子。结束后他摸了摸车顶，小心翼翼地坐回车里，关上门。我继续开车，几秒钟后他再次鼾声如雷。睡梦中他说了一次梦话，他的头前后摇晃着，身上散发出些许老人的体味。

群山在黎明中显露出自己的模样，夜里向后退去，散布在平原上的屋子亮起灯光，又熄灭。太阳升了起来，越来越高，我关掉了车灯。公路上很快变得车水马龙，充斥着轿车、货车，还有一再出现的拖拉机。我对着拖拉机猛按喇叭，超车过去。卡明斯基叹了口气。

"有咖啡吗？"他忽然问。

"那您可得自己想办法了。"

他清了清嗓子，从鼻子吹着气，抿了一下嘴唇，耳朵朝我的方向凑过来。"您是谁？"

我差点心跳都停了。"策尔纳！"

"我们要去哪里?"

"去……"我咽了下口水,"去找特蕾莎,您的……嗯,去找特蕾莎·莱辛。我们……唉,您昨天……突然冒出来这个念头。于是我决定帮您。"

他看起来正在努力回想。眉头紧锁,轻轻摇头。

"还是您想回家了?"我试探地问。

他耸耸肩,摘下眼镜,折好,放进睡袍前胸的口袋。他的眼睛还是闭着,用手指摩擦自己的牙齿。"有早餐吗?"

"下一个休息站我们就……"

"早餐!"他又说,然后吐了口痰,就这样吐在了自己面前。我震惊地瞪着他。他举起手来,揉了揉眼睛。

"策尔纳,"他的声音略带沙哑,"是吗?"

"没错。"

"您自己画画吗?"

"现在不画了。我曾经尝试过,但后来没通过大学入学考试,所以放弃了。也许是个错误的决定!我应该重新拿起画笔。"

"不。"

"我曾经效仿过伊夫·克莱因[1]的色彩结构风格。有些人挺喜欢的，但我可没蠢到把那些话当真……"

"我要说的就是这个。"他拖拖拉拉地把眼镜戴起来。"早餐呢？"

我又点了根烟，他似乎不受干扰。我有点不甘心，故意把烟往他那边吹。路标指示前方有休息站，我开进停车场，下车，从身后把车门关上。

我故意慢吞吞的，让他好好等着。餐厅脏兮兮的，烟尘弥漫，几乎没人。我点了两杯咖啡和五个牛角可颂。"好好打包，咖啡别太淡！"还没有人抱怨过他们的咖啡呢，女服务员趾高气扬地说，并且很不耐烦地瞥了我一眼。于是我说，请她不要搞错，我不是有没兴趣知道这些的人。她生气地问我是不是在找茬？我冷冷地回答，她最好动作快一点。

我吃力地端着两杯冒热气的咖啡，拿着一袋可颂，朝车的方向走去。后座的门开着，车上多了一名男子，

---

[1] 伊夫·克莱因(Yves Klein, 1928—1962)，法国六十年代新现实主义代表画家之一，行为艺术最早的驱动者之一，也是极简主义和波普艺术的先驱。

卡明斯基正在和他交谈。他很瘦，戴着一副角边眼镜，头发油腻腻的，有点龅牙，身旁还有个背包。

"务必要谨记啊，亲爱的先生！"他说，"小心为上，祸患总是把自己伪装成捷径。"卡明斯基点头微笑。我坐进驾驶位，关上车门，满腹狐疑地来回打量着他们两个人。

"这是卡尔·路德维希。"听卡明斯基的语气，好像我再多问什么都是多余的了。

"叫我卡尔·路德维希就行了。"

"他想搭个便车。"卡明斯基说。

"应该没什么问题吧？"卡尔·路德维希问。

"我们不载搭便车的人！"

沉默。卡尔·路德维希叹了口气，"我说什么来着，亲爱的先生。"

"胡说！"卡明斯基说，"策尔纳，如果我没搞错的话，这是我的车。"

"的确是。但……"

"把咖啡给我！开车。"

我把杯子递给他，故意拿高了一些。他伸手摸索，摸到以后拿走。我把装可颂的纸袋塞进他怀里，随后将我的咖啡一饮而尽。果然还是太淡了，我把纸杯扔出窗外，发动引擎。停车场和休息站在后视镜中越来越小。

"不知方不方便问，你们要去哪里？"卡尔·路德维希问。

"当然。"卡明斯基说。

"要去哪里呢？"

"这是我们的私事。"

"我绝对同意，只是……"

"我的意思是，我们要去哪儿，跟您无关。"

"您说的没错，"卡尔·路德维希频频点头，"真是抱歉，策尔纳先生。"

"您怎么知道我的名字？"

"老天，"卡明斯基说，"因为我刚才就是这么叫你的。"

"正是。"卡尔·路德维希附和道。

"说说您自己吧！"卡明斯基说。

"没什么好说的。我有过很艰难的遭遇。"

"唉，谁又不是呢？"卡明斯基感同身受地说。

"您说得真对，亲爱的先生！"卡尔·路德维希推了一下眼镜，"您看，我也曾经是一号人物，'慧眼能洞察世界，对任何雄心抱有同感，对好女子无限热爱，还写出独特的诗篇'。但现在呢？您再瞧瞧我这副德行！"

我点上一根烟。"那些女人们怎么了？"

"那是歌德讲的，"卡明斯基说，"您真的什么都不懂吗？也给我一根烟。"

"可是您不能抽烟。"

"没错。"卡明斯基说着就伸出手来要烟。我心想，反正他早点死对我来说是有好处的，于是就递给他一根。过了一会儿，我觉察到了卡尔·路德维希的眼神。我叹了口气，将烟盒举过头顶，让他自己抽一根。他伸出手，软软湿湿的手指碰到了我，一把取走了烟盒。

"喂！"我喊道。

"你们两位，恕我直言，看着有点奇怪。"

"什么意思？"

我从后视镜里看到他的眼睛：细长、锐利、阴险。他露出龅牙，笑着说，"你们既非亲人，也非师徒，更不是工作伙伴。而且他……"他举起干瘪的手指，指向卡明斯基，"我觉得他很面熟，但您却很陌生。"

"那是理所当然的。"卡明斯基说。

"我猜也是！"卡尔·路德维希说完，两人相继哈哈大笑。这里到底是怎么回事？

"把烟还给我！"我说。

"瞧我，真是粗心呐！抱歉。"卡尔·路德维希说完却没动静。我揉揉眼睛，突然感到一阵无力。

"亲爱的先生们，"卡尔·路德维希接着说，"人一生当中，大多数时间是在制造错误和蹉跎岁月。我们常常碰上灾难却毫不自知。你们还想听下去吗？"

"不想。"我说。

"想，"卡明斯基说，"您知道希罗尼穆斯·博斯[1]吗？"

卡尔·路德维希点点头。"就是那个画恶魔的嘛。"

"我可不敢说得这么肯定，"卡明斯基整个身体都坐直了，"您指的是《人间乐园》[2]那幅画中，最右边头

---

[1] 希罗尼穆斯·博斯(Hieronymus Bosch，1450 –1516)，文艺复兴时期多产的荷兰画家。以恶魔、半人半兽甚至是机械的形象来表现人的邪恶，作品多描绘罪恶与人类道德的沉沦。画面复杂，有高度的原创性、想象力，并大量使用各式的象征与符号，其中有些甚至在他的时代中也非常晦涩难解。博斯被认为是 20 世纪的超现实主义的启发者之一。

[2] 《人间乐园》(The Garden of Earthly Delights)，这幅木板上的三联祭坛画作于博斯的艺术成熟期。左幅的是亚当和夏娃同在地上乐园；中幅则表现人间的肉欲欢愉；右幅是在地狱遭受残酷拷问的情形。左、中、右分别都是虚幻的想象绘画，表现人类从亚当夏娃的原罪到进入地狱的无常虚幻。此画现存于西班牙普拉多博物馆。

顶夜壶的那个食人的形象？"

"更上面那个，"卡尔·路德维希说，"那个从树中长出来的男人。""有意思，"卡明斯基说，"那是唯一一个从画里往外看，而且毫无痛苦表情的形象。不过您还是错了。"

我有些愤怒地瞪着他们两个，一句接一句的，他们到底在讲什么？

"那不是恶魔！"卡明斯基说，"而是作者的自画像。"

"这有什么冲突吗？"卡尔·路德维希机敏地反问。

车里突然一片寂静。只见卡尔·路德维希在后视镜中面带微笑，卡明斯基茫然地咬着下唇。

"我觉得您似乎转错弯了。"卡尔·路德维希说。

"您又不知道我们要去哪儿！"我说。

"你们到底去哪里呀？"

"不是恶魔！"卡明斯基一边赞叹一边将牛角可颂向后递给他，"树上那个男人。不是恶魔！"卡尔·路德维希把袋子扯开，立即狼吞虎咽起来。

"您说您的人生有过艰难的遭遇，"卡明斯基说，"我还记得清清楚楚，我生平第一场画展，完全是一败涂地！"

"我也办过展览。"卡尔·路德维希满嘴食物边嚼边说。

"真的？"

"非公开性质的。很久以前的事了。"

"画展吗？"

"差不多的类型。"

"肯定很棒。"卡明斯基说。

"我可不认为有人会这么说。"

"对您来说结果很差？"我问。

"这个嘛，"卡尔·路德维希说，"基本上可以说是很惨了。我……"

"不是在问您！"有一辆跑车开得很慢，我用力按喇叭，超了过去。

"我还好，"卡明斯基说，"机缘巧合，让我不必发愁钱的事。"

"因为有多米尼克·席尔瓦。"

"我有足够的灵感。我知道，属于我的时代终将会到来的。野心就像是一种儿科病，一旦消灭了它，你就会变得更加强壮。"

"但有些人就是消灭不了。"卡尔·路德维希说。

"况且那时候特蕾莎·莱辛还在您身边。"我说。

卡明斯基不予回应。我用余光瞄他：他的脸色阴沉下来。后视镜中，卡尔·路德维希正在用手背擦嘴，面包屑全掉在了皮椅上。

"我要回家。"卡明斯基说。

"对不起！"

"没什么好对不起的。带我回家！"

"也许我们该冷静下来再好好谈谈。"

他转过头来，有好一阵子我都有种他正透过墨镜盯着我的感觉，强烈到让我喘不过气来。他终于把头别转开去，垂到胸前，整个身躯缩成一团。

"好吧，"我低声下气地说，"我们掉头。"卡尔·路德维希幸灾乐祸地在旁偷偷嗤笑。我打开转向灯，驶离车道，掉头返回。

"往前。"卡明斯基说。

"什么？"

"继续前进。"

"您刚才不是说……"

他发出嘘声，我立刻闭嘴。他的面容坚毅得像个木雕。到底是他改变了心意，还是在向我宣告主导权？唉，别胡思乱想了，他垂垂老矣，头脑昏沉，我不该太高估他的。我再次掉头，开回了快车道。

"人有时候确实很难下决心。"卡尔·路德维希说。

"闭嘴！"我说。卡明斯基又开始磨蹭他的下颏，脸部肌肉重新松弛下来，一副什么事都没发生过的样子。

"顺便告诉您，"我说，"我去过克莱昂斯了。"

"哪儿？"

"盐矿坑。"

"您可真下功夫！"卡明斯基说。

"您真的在里面迷路了吗？"

"我知道这听起来很可笑，但我就是找不着导游。在那之前，我从来没把自己眼睛的问题当真过，那天突然到处都是一片雾茫茫的，但矿坑里不可能起雾的啊。所以一定是我的问题。"

"黄斑病变？"卡尔·路德维希说。

"什么？"我问。

卡明斯基点点头。"猜得不错。"

"现在您是完全看不见了吗？"卡尔·路德维希问。

"还分辨得出形状和颜色。运气好的时候能看见轮廓。"

"后来是您自己找到出口的吗？"我问。

"感谢上帝。我只是用了一个老办法，沿着右边的墙一直走下去。"

"我懂了。"沿着右边的墙？我试着想象那幅场景。为什么那样会有用？

"隔天我就去看了眼科医生，这才知道了自己的病情。"

"当时您一定很意外吧，整个世界都塌了。"卡尔·路德维希说。

卡明斯基徐徐点头。"您知道吗……？"

卡尔·路德维希俯身向前。

"世界真的塌了。"

太阳几近顶点，群山远去，在正午的热气蒸腾中渐渐迷糊。我忍不住打了个哈欠，一股瘫软的感觉侵袭了精疲力竭的我。我开始描述当初我是如何写出韦尼克那篇报道的。我是如何无意间听到了消息，不过伟大的成就往往始于好运。如何第一个冲到他家去，从窗外向内窥探。我生动地描述着，他的遗孀怎样徒劳地试图摆脱我。这则故事的效果一如既往的好：卡明斯基出神地微笑着，卡尔·路德维希则瞠目结舌地看着我。我在下一个加油站停下车。

我们是加油站里唯一的一辆车。站内设有一间小商店，低矮的房舍建在一片绿地上。我在加油时，卡明斯基跨出车外。他呻吟着拉直睡袍，伸手在后背上拍了拍，然后拄着拐杖站了起来。

"带我去厕所！"

我点点头。"卡尔·路德维希，下车！"

卡尔·路德维希手忙脚乱地戴上眼镜，露出龅牙，嬉皮笑脸地问："干吗？"

"我要锁车。"

"别担心，我留在这儿。"

"所以才要锁上。"

"您这是故意在羞辱他吗？"卡明斯基不悦地问。

"您在羞辱我。"卡尔·路德维希马上附和。

"他又没惹到您！"

"我可什么都没做。"

"所以您就别废话了好吗！"

"是啊，拜托，请您别这样。"

我叹了口气，俯身向前，取出录音机，拔下车钥匙，充满警告意味地瞪了卡尔·路德维希一眼，背起我的包，握住卡明斯基的手。再一次触及他柔软却异常稳定的手，再一次觉得是他在引导着我。我边等他上厕所边盯着海报上的广告：来杯啤酒！海报上有个笑眯眯的家庭主妇，三个肥嘟嘟的小孩，还有一只带着笑脸的胖茶壶。我往墙上靠了一会儿，感到真的很疲惫。

我们走向收银台。"我身上没钱。"卡明斯基说。

我气得牙痒痒，但还是拿出了信用卡。外面传来引擎的声音，随即慢慢熄灭，又发动了一次，然后声音就渐行渐远了。收银台后面的女人饶有兴致地看着监控器画面。我签好名，挽着卡明斯基往外走。自动门打开了。

我突然停住了脚步，卡明斯基险些跌倒。

我竟然一点也不惊讶。我似乎觉得这本来就应该发生，像是一支早已谱好的曲子，虽然压抑，却非得演奏出来不可。我一点惊慌失措的感觉都没有。揉揉眼睛，只想放声大吼，却又缺了份力量。我不由得蹲了下来，索性一下子坐在地上，头枕着两只手。

"怎么了？"卡明斯基问。

我闭上眼睛，一瞬间觉得什么都无所谓了。管他呢！

我的书，我的未来，统统去死吧！我到底在忙活什么？这个老家伙与我何干？柏油马路被太阳晒得滚烫，路面显出沥青黑亮的纹理，空气中掺杂着草地和汽油的味道。

"策尔纳！难道您死了吗？"

我睁开眼睛，慢慢站起来。

"策尔纳！"卡明斯基竭力嘶吼，声音高且尖锐。我丢下他一个人站着，独自走进店里。收银台后面的女人简直笑得牙都要掉了，好像从未遇见过如此可笑之事。"策尔纳——！"她拿起电话，我制止了她，警察只会把我们留下来，问些非常繁琐的问题。我说，这件事我自己会处理的。"策尔纳——！"她只要帮我们叫辆出租车。叫完车，她向我索要电话费，我反问她是不是疯了。我走出商店，抓起卡明斯基的手肘。

"您可算是回来了！到底发生什么事啦？"

"别装出一副您什么都不知情的样子。"

我环顾四周。一阵微风轻轻吹过，层层原野如波浪般起起伏伏，几抹云絮淡淡地从天际飘过。实在是一处平静的好地方，要是能留在这儿多好！

但我们的出租车来了。我扶着卡明斯基坐进后座，请司机载我们到最近的火车站。

8

电话铃声把我从熟睡中惊醒。我伸手摸索听筒，有个东西被我打到了地上，我终于够到了，把它凑在耳边。谁？魏根菲尔德，前台的安塞姆·魏根菲尔德。很好，我问，有何贵干？我在一间破旧的房间里：床柱、桌子、满是污渍的床头灯、一面挂得歪歪斜斜的镜子。魏根菲尔德又说，那位老先生。谁？那位老先生，他用非常奇怪的语气又强调了一遍。我整个人弹坐起来，立刻清醒了。

"发生了什么事？"

"没什么，但您最好去看看他。"

"为什么？"

魏根菲尔德清了清嗓子，咳了两声，又清了清嗓子。"我们旅馆有些规定。您懂的吧，有些事情我们无法容忍。这点您能理解吧？"

"见鬼了。到底发生什么事了？"

"这么说吧，他有访客。请您把她请走，不然我们可就替您代劳了！"

"您该不会是说……！"

"正是，"魏根菲尔德说，"正是如此。"然后电话挂断了。

我站起来，走进狭小的浴室，把冷水泼在脸上。时间已经是下午五点，我睡得很熟，完全失去了时间感。我花了好一阵才想起之前发生的事。

一位沉默寡言的出租车司机载我们离开加油站。"不要，"卡明斯基突然说，"我不要去火车站，我要躺下休息。"

"您现在不能这样。"

"我就要这样。去旅馆！"

司机冷静地点头。

"这样会耽误时间的，"我说，"我们要继续赶路。"司机耸耸肩。

"快下午一点了。"卡明斯基说。

我看了一眼手表，还差五分钟到一点。"还差得远呢。"

"下午一点我要躺下睡觉的。这习惯我维持了四十年，现在也不会改变。我可以直接拜托这位司机载我回家。"

司机向他报以热切的目光。

"好吧，"我说，"去旅馆。"我觉得自己被掏空了，浑身绵软。我用手指轻敲司机的肩膀。"找个这附近最好的酒店。"我嘴里说"最好的"，却猛烈摇着头，不断比划不要的手势。他会意地点头，窃笑着。

"不是最好的酒店我可不进去。"卡明斯基说。

我塞给司机一张钞票，他对我眨眨眼。"我带你们去世界上最棒的酒店！"

"希望如此。"卡明斯基说完，把睡袍往里一拉，握紧他的拐杖，嘴巴又开始砸砸地发出咀嚼声。他似乎并不在意车和行李都没了这件事，连同我的行李和我的剃须刀也没了，我现在只剩下一个公文包。他好像没搞清楚发生了什么状况，不过也许闭口不谈才是更好的选择。

这只是座小城：低矮的房屋、橱窗、一片有喷泉的行人步行区域和更多的橱窗。车行经一幢大饭店，又一幢更大的。但我们停在一家年久失修的小旅馆门口。我一脸狐疑地看着司机，伸出拇指和食指比了比钱的手势：这真的是最便宜的吗？他想了想，又继续开车。

我们在一间更丑陋的旅馆前停下，门面肮脏不堪，窗户灰蒙蒙的。我点点头。"太棒了！看到了没？迎宾的门童还穿着制服呢！"

"有两位呢，"司机附和，他显然觉得这很有意思，"但凡有部长来，一定在这里下榻。"

付钱时我多给了他一些小费，这是他应得的。然后我领着卡明斯基走进一间又脏又小的前台接待厅。这是一家廉价商务旅馆。"多好的地毯啊！"我不可思议地赞叹着，并且要了两间房间。一名头发油腻腻的男子给了我一本登记簿，此举令我有些惊讶。我在第一页写下自己的名字，第二页则潦草地涂了些无法辨识的内容。"谢谢，没有行李！"我大声说，然后领着卡明斯基走上电梯。电梯嘎吱嘎吱地上升，载我们来到了几乎没有照明的走廊。他的房间非常小，柜子任意敞开着，空气污浊不堪。

"这里挂了一幅夏加尔[1]的真迹呢！"我说。

---

[1] 马克·夏加尔(Marc Chagall, 1887—1985)，出生于俄国，1910年到法国后渐渐成名。他历经立体派、超现实主义等现代艺术实验与洗礼，发展出独特个人风格，在现代绘画史上占有重要的地位。

"马克的真迹比赝品还多。请把药放在我床边。这里的气味好奇怪,您确定这是间好酒店?"

床头柜上根本不够地方放这么多药,幸好我昨天把它们放在了我的包里: β-受体阻滞剂[1]、心脏病专用阿司匹林、降血压药、安眠药。

"我的行李呢?"他问。

"您的行李在车里。"

他皱起眉头。"那个树上,"卡明斯基说,"真有意思!您研究过博斯吗?"

"了解不多。"

"现在您可以走了!"他高兴地拍了一下手。"您走吧!"

"如果您有什么需要的话……"

"我什么都不需要,您走吧!"

我叹了口气,走出房间。我的房间比他的更小,我脱掉衣服,裸身躺在床上,拉过被子蒙住头,意识渐渐模糊。魏根菲尔德打电话来的时候,我已经一觉无梦地

---

[1] β-受体阻滞剂(Betablocker),这类药物通常是用来控制血压,但有时是让人减少因肾上腺素激生所引起的侵略性行为或过动行为。常用于减少心跳加速、震颤、焦虑、心悸等症状。

足足睡了三个小时。

我花了一点时间才再次找到卡明斯基的房间。门上挂着"请勿打扰"的牌子，门却没有锁。我轻轻打开门。

"……他有个构想，"卡明斯基正好说到，"他想要不断地亲手作画，用交织着憎恶与自恋的情愫去创作。他是唯一一个彻头彻尾正确的伟大的疯子。"一名女子直挺挺地坐着，双腿交叠，背靠着墙壁坐在床上。她妆化得很浓，一头红发，穿着半透明的衬衫，短裙，网眼袜，两只长靴整整齐齐地并排放在地上。卡明斯基和衣裹在那件睡袍里，躺着，双手环抱在胸前，头靠在她怀里。

"我问他，一定要画那个牛面人身的怪物吗？我们在他那间井然有序的画室里，不过他老是把照片直接毁掉，然后拿他那对虎眼石般的眼珠子瞪着我。"那女子打了个哈欠，轻缓地抚摸他的头。"我说，那个牛面人身的怪物……您没有高估自己吗？结果他再也不原谅我了。我嘲笑他的画，他原本根本不在乎的呀。进来吧，策尔纳！"

进来之后，我把门带上了。

"您闻到她身上的香水味了吗？不是很贵的香水，有点太浓了。但这有什么关系呢！您叫什么名字？"

她迅速地看了我一眼。"雅娜。"

"塞巴斯蒂安，您真的应该庆幸自己还很年轻！"

他从来没有直呼过我的名字。我尝试着倒吸一口气，根本没有香水味。"真的不能这样，"我说，"她进来时被前台发现了，酒店经理刚刚打电话给我。"

"告诉他我是谁！"

我默默走进去。桌上放着一本小小的笔记本，只有薄薄几页，被之前的客人忘在这里的。上面有幅画。

卡明斯基慢吞吞地坐起来。"开玩笑的。但您最好还是走吧，雅娜。非常感谢。"

"不客气。"她说，并开始套上长靴。我目不转睛地盯着靴子的皮革拂过她的膝盖，她的锁骨不经意间裸露出来，红发轻轻垂在颈间。我动作迅速地抓起笔记本，撕掉最上面一页，塞进口袋。我打开门，雅娜默默跟着我走了出来。

"别担心，"她说，"他已经付过钱了。"

"真的？"之前他不是说自己身上没带钱吗？但这是个不容错过的大好机会。"请您跟我来！"我带她到了我

131

的房间，关上门，给她一张纸币，"我想了解一些事。"

她靠在墙上，看着我。她应该才不过十九二十岁的样子，年纪不大。她双臂交叉，抬起一只脚，鞋底直接踩在了墙纸上：肯定会留下一个难看的脚印。她瞄了一眼我凌乱的床，露出微笑。我恼火地发现自己竟然脸红了。

"雅娜……"我先清了清嗓子，"可以叫您雅娜吗？"我一定要小心，不要冒犯到她。

她耸耸肩。

"雅娜，他到底想要什么？"

"什么？"

"他喜欢什么？"

她蹙起眉头。

"他让您做了什么？"

她往旁边跨出一步，从我面前离开一点。"您自己看到了啊。"

"在那之前呢？肯定不只是那样。"

"当然就只是那样！"她错愕地瞪着我，"您自己都看到了，他都那么老了。您究竟有什么问题啊？"

香水味肯定是他自己想象出来的。我把房间里唯一一把椅子拉过来，坐下，但又觉得有些忐忑，又站起来。"他只是跟您聊天？然后您摸了摸他的头？"

她点点头。

"您不觉得这样很奇怪吗？"

"一点都不。难道您觉得奇怪吗？"

"他怎么会有您的电话？"

"应该是问讯台给的吧。那个人很狡猾的。"她把头发往后撩。"他到底是谁？他以前一定很……"她笑了笑。"您知道我的意思。你们不是亲戚吧？"

"为什么？"我想起卡尔·路德维希也说过这话。"我是说，为什么不是亲戚？您怎么会这样认为？"

"哈哈，一眼就看得出来啊！我能走了吗……"她直视着我的眼睛。"……或者您还想要别的什么……？"

我全身发热。"为什么您认为我们不是亲戚呢？"

她盯着我看了好久，然后走向我，我不由自主地后退。她伸出双手，从我的头上往下摸，揽住我的脖子，将我整个人拉向她，我抗拒了一下，却又不知道视线该往哪儿放才好。她的发丝散在我面颊上，我试着挣脱，她大笑起来，往后退，我突然感觉全身僵硬。

"您已经付过钱了，"她问，"现在呢？"

我没有回答。

"您看吧？"她眉毛高高挑起，"别担心了！"说完她笑着走了出去。

我用手扶着额头，好一会儿呼吸才恢复正常。真是好极了，我又一次拿钱打水漂了，绝不能再这样下去！我得尽快跟梅格巴赫谈好酬金的事情，越快越好。

我拿出从笔记本里撕下的那张纸。一个正方形的网……不对，只是微微弯曲的线条，从下面两个角落横穿整张纸面往上划出，线条间的空隙竟形成了一个完整清晰的空间系统，显现出一个人形轮廓。或者不是？我再找，人形又不见了。不，又出现了！但是又消失了。笔触非常稳定，每根线条都是一笔到底，没有中断。一个瞎子能做到吗？也许根本就是别人画的，是上一位房客，这整件事只是个巧合，单凭我自己无法判断，我一定要拿去给康梅纽看看。我把纸折好，收起来自问，为什么我让她走了？我打电话给梅格巴赫。

他表示接到来电很高兴，但是，他问我，事情进展得怎么样了？好极了，我说，比预期中好，老人家跟我说了很多原先没期望过的事，我保证绝对会造成轰动，但现在不方便透露更多。另有一些事前没有预料到的支出，以及……杂音打断了我。有些支出，我又强调了一遍，那些……信号很差啊，梅格巴赫问我，可以晚点再打来吗？但是这真的很重要，我说，我真的急需……现在不方便说话，梅格巴赫说，他正在开会，不知道秘书为什么把电话转接进来。其实只是小事，我说，然而……一切顺利啊，他大声喊，祝您顺利，他很确信，我们正在着手干一件伟大的事。然后就挂断了。我又重拨了一次，这次是秘书接的。她很抱歉，梅格巴赫先生不在办公室。不可能，我说，我刚刚才跟他……她口气很刻薄，问我需不需要留言。我说稍后再打来好了。

我走回卡明斯基的房间。一个端着托盘、满头大汗的侍者正在敲他的门。

"怎么回事？"我问，"没有人点过东西啊。"

侍者舔了舔嘴唇，生气地看着我，额头上还挂着汗珠。"当然有，304房间，刚才打电话来订的。当日套餐，双人份。本来我们是没有客房服务的，但他说他会付我额外的小费。"

"终于来了！"卡明斯基在里面喊，"请您端进来，您还得帮我把肉切成小块！现在别进来，策尔纳！"

我转身走回自己的房间。一进门，电话就响了起来。也许是梅格巴赫打来致歉了。我一把抓起听筒，只听见里面嘟嘟嘟的忙音，不是电话。是手机。

"您在哪里？"米莉娅姆吼叫着，"他在您旁边吗？"

我挂断电话。

手机又响了。我接起来，远远放在一旁，仔细想了一下。然后我深呼吸了一口气，拿起手机。"嗨！"我说，"您好吗？您怎么会有我的手机号码？我向您保证……"

接下来就没我说话的机会了。我慢慢踱来踱去，走到窗边，把头靠在玻璃上。我垂下拿着手机的那只手，长舒了一口气，玻璃上立马现出一层薄雾。我又抬起手，把手机放在耳边。

"您说得太可笑了，"我辩驳道，"绑架？他好得很，我们只是一起出趟远门。如果您愿意，您也可以来啊。"

我不得不再次把手机挪开，因为耳朵吵得发疼。我用袖子抹掉窗户上的雾气。手机虽然离我的头有半米远，我依然听得一清二楚。

"可否让我说几句话？"

我坐到床上，用空闲的那只手打开电视：沙漠的舞台背景前有位骑士正在策马飞驰，换台，一位家庭主妇用挚爱的眼神看着一条毛巾，再转台，文化节目女编辑维蕾娜·曼古尔德正表情严肃地对着麦克风讲话。我关掉电视。

"可以让我说几句话吗？"

这次成功了。她突然闭上了嘴，我倒一下子反应不过来了。好一阵子，我们只愣愣地听着话筒中的沉默。

"首先，我不想回应您所谓绑架的指控，我才不是那种人。您父亲拜托我陪他来，我还要为此改变我自己的行程，但出于对他的尊敬和……朋友之情，我还是照做了。我们的对话我有录音为证，所以别想着报警，您只会让自己闹出笑话。我们正在一家顶级酒店里，您父亲回房休息了，他不想被打扰，明天晚上我就带他回家。第二点，我根本没有在您家中翻箱倒柜！我没有去过您家的地下室，也没有碰过任何一张书桌，这样的指控简直令人发指！"现在她该知道她搞错对象了吧。"第四点……"我停了一下，"嗯……第三点，关于我们的目的地，恕我无法奉告。这点该让他自己向您解释。我

137

对他……真的很感激。"我站了起来，得意于自己的语调。"他心情非常好。自由对他有好处！如果我告诉您，他刚刚……总之是时候了，是该有人带他离开那座监狱了！"

什么？我听得呆住了。是我听错了吗？我躬身向前，换了一只耳朵听。不，我没听错。

"您觉得这很好笑？"

我气得用膝盖撞了一下床头柜。"没错，我就这么说了。离开那座监狱。"我走到窗前，太阳低垂，落在屋檐、塔顶和天线上。"监狱！如果您再笑个不停，我就要挂电话了。您听到了吗？如果您再……"

我挂了电话。

我丢开手机，来回踱步，气得快要无法呼吸了。我揉了揉膝盖。就这么挂断电话并非明智之举。我砸了一下桌面，俯身倚在桌上，感到怒气渐渐消退。我开始等待。奇怪，她竟然不再打来了。

这样其实也不错。她并没有把我当真，所以也不会采取什么措施。不管她为什么觉得好笑，我肯定是说对了某些话的。一定是戳中了。我就是有这种天分。

我凝视着镜子。或许那家伙说的没错。当然，不是秃头，发际线的确有点往后了，但是几乎察觉不到，却让我的脸看起来比较圆，也更显老，更加苍白。我不再年轻了。我站起来。连我的外套都看上去不够挺刮。我举起一只手，又垂下，镜子里的我迟疑地做出相同的动作。或许也不是外套的问题？是我的姿态不端正，只是我一直没注意到。别担心了！天呐，到底要担心什么？也许你还有一次机会。米莉娅姆到底在笑什么？

　　不对，我只是开车开得太久了，我只是过于疲惫。她们究竟都是什么意思？我摇了摇头，看了一眼镜中的自己，又迅速移开视线。她们究竟是什么意思？

9

"透视是一种抽象技法，是十五世纪意大利文艺复兴初期的一种惯用手法，现在我们已经很习惯了。一幅画中的光线必须透过多层透镜，然后我们才能认为它很真实。真实从来都不是我们在照片上看到的模样。"

"不是吗？"我边说边努力克制住打哈欠。我们坐在一辆特快列车的餐车里。卡明斯基戴着他的眼镜，拐杖靠在他身上，睡袍卷起来收进一个塑料袋里，放在了行李架上。录音机搁在桌上，正在录音。他喝了一碗汤，吃了两份主菜，一份甜点，现在正在享用咖啡。我帮他把肉切好，徒劳地提醒他，他正在节食。他已经梳洗过了，心情相当愉悦，从两小时前就一直讲个不停。

"真实每一瞬间都在改变，无时无刻不在变化之中。透视法是各种规则的集合，企图将这种混乱锁定在平面之上，一分不多，一分不少。"

"是吗？"我只觉得肚子饿。跟他丰盛的餐点相比，我只点了一份难以下咽的沙拉，干枯的菜叶子浸在油腻的酱汁里，对于我的抱怨，侍者只是叹了口气。录音机的按钮跳了起来，又一卷录音带用完了，我换上一卷新的。他真行，讲了那么久，竟然没涉及一丁点我能用得上的东西。

"真实，如果它真的存在的话，是在于气氛之中的。也就是在色彩之中，而非在线条中，更不在所谓正确的透视中。您的教授应该没跟您说过这些吧？"

"没有，没有。"其实我哪知道有没有呢？我对大学生活的记忆只剩些许轮廓，只记得研讨课上毫无结论的讨论，为了要上台报告而吓得脸色发白的同学，以及餐厅里不新鲜的饭菜味道，还有人总是拿着联名单，要叫人去响应签名活动。有一次我要交一篇德加[1]的报告。德加？我一点兴趣都没有，于是所有内容都是从百科全书上照抄来的。读了两个学期之后，叔叔介绍我进入了一家广告公司。隔了不久，当地一家报社的艺评专栏出现空缺，我应征成功。我从一开始就在往对的方向努

[1] 埃德加·德加（Edgar Degas，1834—1917），法国印象派画家。

力：有些新人喜欢写些火药味十足的负面评论，以此标榜自己的风格，其实这样是行不通的。正确做法应该是在各种事物上与同行始终抱持相同看法，利用好出席各类开幕酒会的机会，建立人脉。没过多久，我便开始为多家杂志社撰稿，不再需要报社的工作了。

"没人能在线条上比米开朗琪罗更好了，没人能做得和他一样好。但色彩对他而言并不重要。您看看西斯廷教堂就知道了，他根本不明白，色彩……本身也阐释着世界。都录下来了吗？"

"一字不漏。"

"如您所知，我曾经效法古典大师的技巧。有一段时间，我甚至自制颜料，我还学会用气味去分辨颜料。经过训练之后，甚至几种颜料混在一起也不会搞错。我用闻的，比我助手用好眼睛看的还要清楚。"

隔壁桌坐着两位正在交谈的男人，"关键在于所谓4P，"其中一个说，"价格（Preis），促销（Promotion），定位（Position）和产品（Produkt）。"

"看窗外！"卡明斯基说。他靠回椅背上，用手揉着自己的额头。我再次感到他的手很大。皮肤有些干裂，手腕的地方结着厚厚的茧，这是一双手艺人的手。"我猜，外面是山丘，草地，偶尔有几个村子，对不对？"

我笑了起来。"差不多。"

"有太阳？"

"有啊。"其实外面正下着倾盆大雨。半小时以来，我只看见拥挤的街道，大型仓库，还有工厂的烟囱。没有山丘，没有草地，更别提村子了。

"我曾经问过自己，有没有办法把像现在这样行进中的火车画下来？而且是整段行程，不只是捕捉瞬间。"

"我们的市场调查，"隔壁桌的男子又嚷嚷起来，"结果证实质地更细致了，感觉也更棒了！"我把录音机移过去，离卡明斯基更近一点。我有点担心，如果隔壁桌的蠢货再不小声一点，录下来的就只有他的声音了。

"不得不停下画笔的时候，我经常会反复思考，"卡明斯基说，"一幅画应该如何处理与时间的关系？当时我思考的是巴黎到里昂之间的那段旅程，一定要表现得如同我们在记忆中看见的一样——压缩起来变成典型特征。"

"我们还没有聊过您的婚姻，曼努埃尔。"

他皱起眉头。

"我们还没……"我试图再说一遍。

"请您不要直呼我的名字。我的年纪比您大，习惯的礼数也和您不一样。"

"这是最重要的问题，"隔壁桌的男子大声道，"竟然是欧洲市场的反应是否会跟亚洲市场的不一样！"

我转过头去。他大约三十出头，外套被坐歪了。他的脸色苍白，稀疏的头发歪歪扭扭地趴在头顶上。我最不能忍受的就是这种人。

"最重要的问题！"他又强调了一次，撞上了我的目光。"有问题吗？"

"请小声一点。"我说。

"我已经够小声了！"他说。

"那就再小声一点！"我说完，把头转了回来。

"画布一定要足够大，"卡明斯基说，"虽然一眼看去画面上什么都不清晰，但只要是搭过这趟火车的人，都能一眼认出来。我当时认为自己一定能做到。"

"接下来就是基点的问题了！"隔壁桌男子继续无视旁人，大声嚷嚷。"我问他们，优先权落实在哪里？他们竟然不知道！"

我又转过头，瞪了他一眼。

"您是在看我吗？"他问。

"不是！"我说。

"无耻之徒。"他说。

"跳梁小丑。"我说。

"我没必要听您的。"他说，并且愤怒起身。

"也许您应该听。"我也站了起来，这才发现他比我高多了。车厢里突然鸦雀无声。

"坐下。"卡明斯基的语气有种不可名状的威严。

那男子突然犹豫起来，向前跨出一步，又退了回去。他看看同桌的伙伴，又看了看卡明斯基，摸着额头坐了回去。

"很好，"我说，"这才……"

"您也坐下！"

我立刻闭嘴坐好，愣愣地看着他，心脏咚咚直跳。

他身体靠向椅背，手指在空咖啡杯的边缘打转。"快下午一点了，我要躺下了。"

"我知道。"我闭了一会儿眼睛。是什么把我吓成这样？"我们很快就到住处了。"

"我要去酒店！"

我真想跟他说，哪怕就一次，那您倒是自己付钱啊。最后还是忍住了。今天早上也是我付的钱，旅馆的住宿费，加上他的客房服务费，全都是我付清的。我把信用卡交给魏根菲尔德先生时，不禁想起在卡明斯基家看到的那些对账单。这个矮小、吝啬的老家伙远比我有钱，却在用我的钱旅行、住宿、大吃大喝，还像是我赚到了什么一样。

"我们去私人住所，在一个……在我那里。一间很大的公寓，非常舒适。您一定会喜欢的。"

"我要去酒店。"

"您一定会喜欢的！"艾尔可明天下午才回来，到时候我们已经走了，也许她根本不会察觉到。我很满意地发现，隔壁那个蠢货的音量真的放低了。他果然是被我给唬住了。

"给我一根烟！"卡明斯基说。

"您不能抽烟。"

"对我而言，任何不断加速死亡的东西都是好的。您不也盼望如此吗？在我看来绘画跟搞学术一样，也是在研究解决问题的。"我递给他一根烟，他颤抖着将烟点着。他刚才说了什么？我不也盼望如此吗？难道被他看穿了？

"比如我想要做一个自画像系列，但不是照着镜子里我的倒影画，也不是以照片为基础，而是全然依靠想象，靠我对自己的想象。没有人知道自己到底长什么样子，我们对自己有太多完全错误的想象。通常我们会用尽各种辅助方式来弥补不足。但如果反过来，如实画出这些错误的形象，而且竭尽所能描绘出所有细节，所有性格面貌……！"他把手往桌上一敲。"一幅自画像，却又不是！您能想象吗？但是这我什么都没能画出来。"

"至少您曾经尝试过。"

"您怎么知道？"

"我……随便猜的。"

"没错，我的确尝试过。但后来我的眼睛……也许不是因为我的眼睛，而是我那个想法本身就不太可行。一个人失败了，就要有自知之明。米莉娅姆把那些画全烧毁了。"

"什么？"

"是我让她烧的。"他把头向后仰去，向上吐出一串烟雾。"从那以后，我再也没踏进过画室。"

"我相信！"

"不该为此伤心。因此一切都只跟一件事有关，对你自己的天分的衡量。在我还很年轻的时候，还画不出任何有用的东西的时候……我猜您一定无法想象，我把自己关了整整一周……"

"是五天。"

"……差不多吧，是五天，只为了想清楚。我知道我还没画出什么能成气候的东西。这件事，谁也帮不了谁。"他在摸索着烟灰缸。"我需要的不仅仅是一个好的灵感，灵感到处都有。我必须理清楚，我到底要成为哪种画家，从平庸之中开出一条路来。"

"从平庸中。"我复念道。

"您听说过菩提达摩弟子的故事吗？"

"谁？"

"菩提达摩是一位印度智者，他去了中国布道。有个人想拜他为师，但被他拒绝了。但这个人从此一路追随着他，不声不响，卑躬屈膝，一跟就是好几年，然而一无所获。一天，他终于万念俱灰，他挡住达摩的去路，大声说：'师父，我已经一无所有了！'达摩答曰：'把它丢掉！'"卡明斯基扔掉手里的烟，"由此，他终于开悟。"

"我不懂。假如他一无所有，为什么……"

"那一周里，我长出了人生的第一丛白头发。再度从房间里出来的时候，我已经构思好了《反射》系列的第一版草稿。又过了很久，我才画出第一幅还算满意的作品，但这已经无关紧要了。"他沉默了片刻又说，"我不属于那种伟大的画家。不会是委拉斯开兹，不会是戈雅，也不会是伦勃朗。但有时候我真的画得相当不错，不至于是个小角色。这都是拜那五天所赐。"

"我会引用这段话的。"

"您不该引用，策尔纳，您应该记在心里！"我再次感觉到他在看着我。"所有重要的想法都是经由顿悟所得。"

我向侍者比了个手势，示意要结账。管他顿悟不顿悟，这次我再也不会帮他买单了。

"请恕我失陪一下。"他挂着拐杖站起来。"不，不，我自己能行。"他小步走过我身边，撞到了桌子，说了声抱歉，又撞到了侍者，再次道歉，然后消失在厕所里。侍者把账单放在我面前。

"稍等片刻！"我说。

我们等待着。车窗外，房屋在渐渐增多，玻璃窗上映照出灰蒙蒙的天空，街道上正在塞车，雨下得更大了。侍者不耐烦地表示，他没时间一直等下去。

"再等一下！"

一架飞机从附近的机场缓缓升空，被云层吞没。隔壁桌的两名男子狠狠瞪了我一眼也走掉了。我望着窗外的中央大街，百货公司闪着灯的招牌，以及一座缓缓喷洒的喷泉。

"到底怎么说？"侍者问。

我无言以对，把信用卡交给他。飞机闪烁着，正在降落，火车轨道越来越密集。侍者走回来，跟我说，我的信用卡被停用了。不可能，我说，他应该再试一下。他回答，他又不是白痴。我说，这个我就不敢肯定了。他低下头盯着我，沉思着摸着下巴，没有说话。火车开始刹车，我可没时间跟他争论。我丢给他一张纸币，让他找钱给我，一分一厘都不能少。我站起来的瞬间，卡明斯基刚好走出厕所。

我拿起两个人的行李——我的包，和他装着睡袍的袋子——扶着他的胳膊肘，领他往车门方向走去。我用力打开车门，努力抑制住想要把他一脚踹下车的冲动。我先跳上站台，然后小心翼翼地扶他下车。

"我想躺下。"

"马上就好。我们先去坐地铁，再……"

"我不要。"

"为什么？"

"我从来没坐过那种东西，现在也不会开这个先例。"

"真的不远。出租车太贵了。"

"也没那么贵吧。"他拖着我，在拥挤的站台上一路往前走，闪避着人群，机敏得令人惊奇。来到马路上，他摆出一副理所当然的姿态，随后扬起手来。一辆出租车立马停下，司机下车，帮他打开车门。我坐在前排，气得嗓子干涩，但还是报上了地址。

"怎么在下雨？"卡明斯基若有所思地说。

"这里整年都在下雨，简直是全世界最讨厌的地区。"

我心虚地瞄了司机一眼。他留着髭须，胖胖的，看起来相当魁梧有力。

"比利时除外。"卡明斯基说。

"您去过比利时？"

"不算数，不算数。车钱您来付吧？我没有零钱。"

"我还以为您身上根本没带钱。"

"没错，是没钱。"

"这一路都是我在付账！"

"您真的非常慷慨。我现在必须躺下了。"

我们到了，司机转过头来看着我。出于尴尬，我还是付了车钱。跨出车门，雨水打在我脸上。卡明斯基挪动屁股慢慢滑出车外，我紧紧扶住他，但他的拐杖啪的一声掉在地上。等我捡起拐杖，他已经基本湿透了。入口大厅的大理石为我们的脚步制造出回音，电梯无声无息地将我们送上楼。我开始有些担心，艾尔可会不会把门锁给换掉了。所幸我的钥匙还能用。

我打开门，听了听动静：悄然无息。投信口下方积着过去两天的来信。我试探地咳嗽了一声，再仔细听。毫无动静。除了我们，没有别人了。

"我不知道我理解得对不对，"卡明斯基说，"但我有种感觉，我们不是回到了我的过去，而是您的。"

我带他到客房去。床单刚刚换过。"我需要新鲜空气。"他说。我打开窗户。"药。"我把药整齐地排在床头柜上。"睡衣。"

"睡衣在行李箱里，行李箱在车里。"

"车呢？"

我不想回答了。

"那算了，"他说，"那您可以出去了。"

两只塞得满满的行李箱静静立在客厅里。她真的要赶我出门！我走回门厅，取出信件：账单、广告、两封寄给艾尔可的信，一封是她那些无聊的闺蜜之一寄来的，一封来自那个叫瓦尔特·穆辛格的人。瓦尔特？我把信撕开，但那只是她公司的一位客户，信中口吻相当正式。应该是另一个瓦尔特吧。

还有一些是寄给我的。同样是账单和广告，"来杯啤酒！"，三封稿费收据，还有两封邀请函：一个是下周的新书发布会，一个是今晚的开幕酒会，阿隆佐·奎林的最新拼贴艺术展。应该会有很多重要人物到场。假如是在平常的状况下，我无论如何都会去参加的。真是没劲啊，竟然没有人知道卡明斯基跟我在一起。

我望着那封邀请函，在房间里来回走动。雨水打在窗玻璃上噼啪作响。为什么不可以呢？也许这将会彻底改变我的地位。

我打开那只大行李箱，开始一件一件地翻找我的衬衫。我打算穿上我最好的西装，再换双鞋。当然，还得带上艾尔可的车钥匙。

10

"你好啊，塞巴斯蒂安。快进来。"

霍赫加特在我肩上捶了一下，我轻轻拍了拍他的上臂。他看着我，仿佛我们是朋友。我报以微笑，一副我也信以为真的样子。他是这家画廊的老板，偶尔也写艺术评论，最近评论的都是他自己画廊里展出的作品，所以不会妨碍任何人。他穿着一件皮夹克，长发一绺一绺地垂了下来。

"奎林的画展不容错过，"我说。"容我介绍，"我犹豫了一下，"曼努埃尔·卡明斯基。"

"幸会！"霍赫加特边说边向他伸出手来。卡明斯基站在我身旁，这个小个子老头，拄着拐杖，身穿羊毛套衫和一条几天以来已经皱皱巴巴的裤子，对问候毫无反应。霍赫加特一愣，拍了拍他的肩膀，后者吓了一跳。霍赫加特一脸尴尬地冲我笑，然后转身消失在人群里。

"刚才那家伙是谁啊？"卡明斯基揉着肩膀问。

"别管他。"我望着霍赫加特的背影，心里不太有底。"那家伙不重要。不过这里有些还挺有趣的作品。"

"这些画有没有趣我会感兴趣吗？您竟然把我拖到一间画廊来？一小时前我才刚吃了安眠药。我都不确定自己是不是还活着。您竟然带我到这儿来？"

"这个展览正好今天开幕。"我紧张地解释，给自己点了一根烟。

"我的最后一场开幕酒会是三十五年前在古根海姆美术馆办的。您是不是已经疯了？"

"再待一会儿就好。"我把他往前推。大家看到他的拐杖和墨镜纷纷让路。

"奎林真的做到了！"欧根·曼兹惊呼，他是《艺术杂志》的总编。"连瞎子都来看他的画展了。"他想了一下，然后大喊，"把那个瞎子带过来！"他笑得不得不摘下眼镜。

"嗨，欧根！"我谨慎地与他打招呼。欧根·曼兹才是最重要的人，我希望能在他的杂志社找份固定工作。

"把那个瞎子带到我这儿来！"他又说了一遍。一名又高又瘦、颧骨突出的女子轻抚着他的头。他擦掉眼角笑出的泪，一脸不确定地看着我。

"塞巴斯蒂安·策尔纳，"我说，"您还记得我吗？"

"当然，"他说，"我知道。"

"这位是曼努埃尔·卡明斯基。"

他不敢相信地打量着卡明斯基，又看了看我，再看向卡明斯基，"不会吧，真的吗？"

我全身都在发热。"当然是真的。"

"天呐！"他惊呼一声并且后退了一步。站在他身后的女子被他踩到，也惨叫了一声。

"喂，到底发生了什么事？"卡明斯基问。

欧根·曼兹，朝卡明斯基跨了一步，并且弯身鞠躬，伸出手来，"欧根·曼兹。"卡明斯基完全没有反应。"《艺术杂志》。"

"什么？"卡明斯基问。

"《艺术杂志》的欧根·曼兹。"欧根·曼兹重复了一遍。

"到底怎么回事？"卡明斯基问。

曼兹不知所措地望着我，他的手还没有收回去。我两手一摊表示无奈，眼睛往天花板上瞟。

"我看不见的。"卡明斯基说。

"当然！"曼兹说，"我的意思是，我知道，我知道所有关于您的事。我是《艺术杂志》的欧根·曼兹。"

"哦。"卡明斯基说。

曼兹终于决定把手收回去。"是什么原因让您大驾光临？"

"我也很想知道。"

曼兹哈哈大笑，笑到再次抹泪。他大声说，"怎么会有这种事！"两个手持酒杯的人在我们身边站住：电视节目女编辑维蕾娜·曼古尔德和艺术家阿隆佐·奎林本人。上次见到奎林时，他还留着大胡子，这次倒是刮得一干二净了，还绑了根小辫子，戴着一副眼镜。

"瞧瞧！"曼兹说，"曼努埃尔·卡明斯基！"

"他怎么了？"奎林不解地问。

"他在这里！"曼兹说。

"谁？"维蕾娜·曼古尔德问。

"我不相信。"奎林说。

"我都说了是真的！"曼兹说，"卡明斯基先生，这位是阿隆佐·奎林，这位是……"他不太确定地看着维蕾娜·曼古尔德。

"曼古尔德，"她很快接上话，"您也是画家吗？"

霍赫加特凑了过来，伸手搂住奎林的肩。奎林往后躲开，但随即想到他是这间画廊的老板，只好由他去了。"你们喜欢这些画吗？"

"现在谁管这些画啊！"曼兹说。奎林震惊地瞪着他。"这位是曼努埃尔·卡明斯基！"

"我知道啊。"霍赫加特说完，用搜寻的目光左顾右盼。"你们谁看到雅布洛尼克了吗？"他双手插在口袋里走掉了。

"我正在写一本跟曼努埃尔有关的书，"我说，"因为这个原因，我们当然需要……"

"我是您的画迷，非常崇拜您早期的作品。"奎林说。

"真的吗？"卡明斯基说。

"但您后来的画我就不太懂了。"

"泰特美术馆收藏的那幅草地也是您画的吧？"曼兹问，"我爱死那幅画了！"

"那是弗洛伊德画的。"卡明斯基说。

"弗洛伊德？"维蕾娜·曼古尔德困惑地问。

"卢西安·弗洛伊德。"

"我的错，"曼兹说，"抱歉！"

"我想坐下。"卡明斯基说。

"事情是这样的，"我想意味深长地解释，"我们要一起去一个地方，经过这里，其他的我就不方便透露了。"

"各位晚上好！"一位满头银发的男士走了过来。他叫奥古斯特·瓦尔拉特，是国内最杰出的画家之一，鉴赏家们都对他推崇备至，但他从来没有成功过。不知道什么原因，就是这样，没有一家杂志社写过他。现在他太老了，也不可能了，他已经出道太久，机会早就过去了。每个人都知道他比奎林画得好，他自己也知道，甚至奎林都心知肚明。即便如此，他却从来没在霍赫加特的画廊里办过个展。

"这位是曼努埃尔·卡明斯基。"曼兹说。那名瘦巴巴的女子将手搭在曼兹肩上，整个人倚在他身上，他转过头对她微笑。

"他早就死了吧。"瓦尔拉特说。维蕾娜·曼古尔德倒抽了一口气，曼兹推开那名女子，我惊慌失措地望着卡明斯基，唯恐他生气。

"再不让我坐下，我真的会死。"

我抓着卡明斯基的手肘，领他到靠墙摆好的椅子那里去。"我正在帮曼努埃尔写传记！"我故意大声地说，"所以我们才会在这里。他跟我。我们俩。"

　　"请您务必原谅，"瓦尔拉特说，"我刚才那么说，只是因为您是位大师，一如杜尚[1]和布朗库西[2]。"

　　"布朗库西？"维蕾娜·曼古尔德又是一脸困惑。

　　"马歇尔只会装腔作势，"卡明斯基说，"是个爱胡说八道的自大狂。"

　　"我可以采访您吗？"曼兹问。

　　"可以。"我说。

　　"不行。"卡明斯基说。

　　我向曼兹点点头，对他比手势：耐心点，我来安排！但曼兹露出不解的神情。

　　"但杜尚是相当重要的，"瓦尔拉特说，"他是任何人都无法绕过的。"

　　"重要性并不重要，"卡明斯基说，"绘画本身才

---

[1] 马歇尔·杜尚(Marcel Duchamp，1887—1968)，出生于法国，1954 年入美国籍。20 世纪实验艺术的先锋，对于第二次世界大战前的西方艺术有着重要的影响，达达主义及超现实主义的代表艺术家。

[2] 康斯坦丁·布朗库西(Constantin Brâncuşi，1876—1975)，罗马尼亚雕刻家，现代雕塑史上一位承前启后的大师。

重要。"

"杜尚也来了吗？"维蕾娜·曼古尔德问。

卡明斯基叹了一口气，我扶他在一张折叠椅上坐下，曼兹则弯下腰凑到我肩旁。"您对他很清楚吧！"我悄悄说。

他点点头。"我写过他的悼文。"

"什么？"

"十年前我还是《晚间新闻》的文化版编辑，预先写好悼文是我的主要职责。好在总算熬过去了！"

卡明斯基将拐杖拉近一些，他垂着头，磨动着下颏。如果现场再安静一点的话，大家就能听见他咂吧嘴的声音。他头上方挂着一幅奎林的艺术拼贴：一台电视，浓稠的血液正从电视里流出来，上头还用喷漆喷上"看它！"的字样。旁边则挂了三幅他的《广告海报》：德莫特肥皂公司的广告海报，奎林剪下许多丁托列托[1]的画中人物贴在他的海报上。这几张作品曾经风

---

[1] 丁托列托(Tintoretto, 1518—1594)，16 世纪意大利威尼斯画派著名画家。受业于提香门下，作品继承提香传统又有创新，在叙事传情方面效仿米开朗琪罗，突出强烈的运动，且色彩富丽奇幻，在威尼斯画派中独树一帜。

靡一时，但自从被德莫特公司拿去做广告以后，大家就不知道该怎么评价它们才好了。

霍赫加特将我推到一旁。"有人向我透露，您就是曼努埃尔·卡明斯基。"

"我不是早就跟你说过了吗！"我大喊道。

"我并没有听明白啊。"霍赫加特半蹲着，脸的高度刚好与卡明斯基的脸平齐。"我们得照张相！"

"也许可以让他在这里办个画展。"那个瘦女人建议。在这之前她一个字都没说过，大家都惊讶地看着她。

"不是也许，是认真的。"曼兹说着把手搭在她屁股上。"必须好好利用这次机会。或许来张肖像，下一期就刊登。您明天还在城里吗？"

"希望我不在。"卡明斯基说。

查布尔教授跟跄地朝我们走来，撞到了半蹲在地上的霍赫加特。"怎么啦？"他问，"怎么啦？到底怎么啦？"他喝了太多酒。此人一头白发，日光浴晒出的棕色肌肤，脖子上永远紧紧系着一条扎眼的彩色领巾。

"我要叫出租车。"卡明斯基说。

"现在还不需要，"我赶紧说，"我们再过一会儿就走。"我笑着环视在场的每个人，并且解释，"曼努埃尔累了。"

霍赫加特站了起来，拍干净自己的长裤，介绍说，"这位是曼努埃尔·卡明斯基。"

"我们明天做个采访。"曼兹说。

"真是幸会。"查布尔说，步伐不稳地走向卡明斯基，"查布尔，美学教授。"他硬是从我们中间挤了过去，在一张椅子上坐下。

"我们要走了吗？"卡明斯基问。

女服务生端着托盘经过，我拿起一杯红酒一饮而尽，又拿了第二杯。

"如果我读过的资料准确无误，"查布尔说，"您是理查德·雷明之子？"

"差不多就是这种说法吧，"卡明斯基回答，"恕我冒昧，您知道我哪些作品？"

查布尔环顾我们每个人，他的喉结动了动。"这我现在得……我一下子……说不上来。"他露出牙齿，尴尬地笑了笑，"这其实不是我的专业领域。"

"今天已经太晚了，"曼兹出来打圆场，"您不该问教授先生这么尖锐的问题。"

"您和奎林是朋友吗?"查布尔问。

"这我可不敢当,"奎林说,"不过有一点是真的,我一直以曼努埃尔的学生自居。"

"无论如何,您确实给我们带来了惊喜!"曼兹说。

"不是,"我说,"他是跟我来的!"

"卡明斯基先生,"查布尔说,"不知我是否能邀请您下礼拜出席我的研讨课?"

"我不认为他下周还会在这里。"奎林说,"曼努埃尔经常旅行。"

"真的?"曼兹问。

"他来得太及时了,"奎林说,"有时候我们会担心他的健康,但现在……"他轻轻抚摸了一会儿《看它!》的深色画框,"我们真该为他鼓掌!"

"有人帮我叫出租车了吗?"卡明斯基问。

"我们立刻就走。"我安抚他。拿着托盘的女服务生又走了过来,我又拿了一杯酒。

"明天早上十点您方便吗?"曼兹问。

"要干吗?"卡明斯基反问。

"采访您。"

"不行。"卡明斯基回答。

"我再跟他谈谈。"我赶紧说。查布尔想站起来，但他必须扶着东西才能站稳，结果又跌坐回椅子上。霍赫加特突然拿出一台相机，他按了一下快门，闪光灯将我们的影子投在墙上。

"我下星期打电话给您？"我悄悄对曼兹说。在他对今晚之事还留有记忆前，我一定得有所行动。

"下周不太理想，"他眯起眼睛，"下下周吧。"

"那好。"我说。我看见瓦尔拉特和维蕾娜·曼古尔德在另一边，站在三根被奎林用旧报纸包起来的霓虹灯管下。曼古尔德语速飞快，瓦尔拉特则靠在墙上，忧郁地盯着手中的酒杯。我扶着卡明斯基，帮他站起来，奎林立刻往前扶住另一边。我们引导着他走到门口。

"可以了，"我说，"您可以放开手了！"

"没关系，"奎林重复着，"没关系。"

曼兹轻拍我的肩膀，我暂时松开扶着卡明斯基的手。"我们最好还是约这个周末吧。星期五，打电话给我秘书。"

"星期五，"我说，"很好。"曼兹心不在焉地点头，瘦女人把头靠在他肩上。我一回头，发现霍赫加特正在帮奎林跟卡明斯基拍照，我顾不上谈话，赶紧抓起卡明斯基的另一只手，可惜太迟了，霍赫加特已经拍完了。我们继续往前走，我仿佛觉得地板有些起伏不平，空气似在微微颤动。我喝得太多了。

我们走下楼梯。"小心，台阶！"每走一步，奎林就提醒一次。我看着卡明斯基颤抖的发丝，他右手紧握着拐杖。我们来到街上。雨停了，街灯的倒影映在路面的积水上。

"谢谢！"我说，"我的车就停在对面。"

"我停得更近，"奎林说，"我可以送他回去。我还有家宾馆。"

"您不用回画廊去吗？"

"少了我他们也能应付得了。"

"那是您的展览啊。"

"但这里更重要。"

"我们真的不需要您帮忙了！"

"那样更方便啊。"

我松开卡明斯基的手，绕过他们两个，凑近奎林耳畔说："请您放开手，现在就回去。"

"您现在是在命令我？"

"我是个写评论的，您是做展览的。我们同龄，今后您的每个画展我都会出席的。"

"我没懂您的意思。"

我走了回去，抓住卡明斯基的手臂。

"也许我的确该回去了。"

"也许是这样。"我说。

"再怎么说都是我的个展。"

"是的。"我说。

"我什么都做不了了。"

"实在是遗憾。"我说。

"这真是我的荣幸，"他说，"莫大的荣幸，曼努
埃尔。"

"您究竟是谁啊？"卡明斯基问。

"他是无价的！"奎林欢呼，"再见了，塞巴斯
蒂安！"

"再见，阿隆佐！"我们愠怒地目视着对方，彼此心
中都恨得咬牙切齿，几秒钟以后他转身而去，疾步上
楼。我带着卡明斯基穿过马路，来到艾尔可的车前。一
辆宽敞的奔驰，迅捷又豪华，几乎跟那辆被偷走的宝马
一样迷人。有时我真的觉得，除了我之外，每个人都很
会赚钱。

我必须得集中精神，才能开在高速车道上。我的确有些醉了。我摇下车窗，冰凉的空气让我清醒，待会儿我还得赶紧上床，明天我必须有颗清醒的头脑。

今晚无疑是一次成功，大家都看到我和卡明斯基在一起了，一切都进展得非常顺利。可我却突然有些感伤。

"我知道您的意图了，"卡明斯基说，"我真的低估了您。"

"您在说什么呢？"

"您想向我证明，我已经被遗忘了。"

我反应了一会儿，才搞明白他在讲什么。他把头往后仰，深深叹了一口气，"没有人记得我的任何一幅作品。"

"这根本不意味着什么。"

"不意味着什么？"卡明斯基重复了一遍，"您打算为我的整个人生立传。这没有让您不安吗？"

"一点都不，"我在说谎，"这本书一定会造成轰动的，每个人都将对它感到好奇，况且您自己不是也预料过：一开始默默无闻，后来声名大噪，终究又会被遗忘。"

"如此说来，这是我说过的话？"

"没错。多米尼克·席尔瓦还说过……"

"我不认识他。"

"多米尼克！"

"我从来都没认识过这个人。"

"您不会是想说……"

他沉着地呼出一口气，摘掉眼镜，依然双目紧闭。"如果我说我从来都不认识这个人，那就意味着我真的不认识。我不认识他，请您相信我！"

我不知该说什么好。

"您相信我吗？"他问，仿佛这件事对他至关重要。

"我相信，"我轻轻地说，"我当然信。"这次我真的相信他了，我想好了，相信他的一切，我不在乎了，我甚至不在乎那本书何时能够出版。现在我只想睡一觉，而且，说真的，我希望他不会死掉。

11

我走在街上。卡明斯基不在我身边，但我感觉到他在附近。我要加快脚步。迎面拥来越来越多的人群，我被绊了一下，摔倒在地，想站起来却无法做到。我的身体变得愈加沉重，地心引力把我牢牢抓住，许多条腿纷纷掠过，一只鞋踢到了我，但不觉得疼。我用尽全力，用双手将朝我挤压而来的地板推回去，然后我醒了。

凌晨四点半。我依稀分辨出衣柜和桌子的轮廓，窗外黑压压的天色，身旁艾尔可的床是空的。掀开被子，我站起来，赤脚踩在地毯上。衣柜里有扒门的声音。我打开衣柜，卡明斯基坐在里面，蜷缩成一团，下巴抵着膝盖，双臂环抱着腿，用他白色的眼珠看着我。他想跟我说什么，才刚开口，房间就开始崩塌了。我感受到了被子压在身上的重量。嘴里是苦味，昏昏沉沉的感觉，头好疼。衣柜，桌子，窗户，空床。五点十分了。我轻轻咳嗽了两声，清了清喉咙，觉得自己的声音很陌生，随后起了床。我感觉到了脚下的地毯，我一边发抖一边注视着镜子里那件睡衣上的格纹。我走向房门，转动钥匙，把门打开。

"我还以为你没问题呢！"曼兹说。"难道你已经知道了？"雅娜跟在他背后走了进来。知道什么？"唉！"曼兹说，"别傻了！"雅娜慵懒地勾起一缕头发缠在食指上。"白费力气，"曼兹幸灾乐祸地说，"根本就没有意义，一切都只是徒劳，我亲爱的朋友。"他抽出一块手帕，矫揉造作地向我挥手示意，然后放声大笑，笑声大到把我惊醒。窗户，衣橱，桌子，空床，凌乱的杯子，枕头掉在地上，我觉得脖子一阵酸痛。跳下床，感到脚下的地毯，一种更加强烈的不真实感立刻袭来。我摸了摸床柱，它却从我的手心中迅速滑落。这次我完全确定自己是在梦中。我走向窗户，拉开百叶窗。外面太阳高照，公园里人来人往，车辆穿梭，十点多了，现在不是做梦。我走出房间，闻到咖啡的香味，听见有人在厨房里说话。

"策尔纳，是您吗？"卡明斯基穿着睡袍坐在餐桌边，戴着他的深色墨镜。他面前摆着橙汁、粗粮麦片、一碟水果、果酱、一筐现烤的面包和一杯冒着热气的咖啡。他对面坐着艾尔可。

"你回来了啊？"我问，声音里透着心虚。

艾尔可没有回答。她穿着一袭裁剪优雅的套装，还剪了新发型，变短了，耳朵整个露了出来，颈间荡着温柔的卷发。她看起来真美。

"可怕的梦！"卡明斯基说，"一间很窄的房间里，没有空气，我被关在里面，一开始还以为是一具棺材，后来发现头顶上挂着很多衣服，原来是个衣柜。后来我又到了一艘船上，我想画画，但是没有纸。您知道吗？我每天晚上都梦见自己在画画。"

艾尔可俯身往前，轻抚着他的手臂，他脸上浮现出孩子似的微笑。她迅速瞥了我一眼。

"你们已经认识了呀！"我说。

"您也在梦里出现了，策尔纳，但我记不清楚那部分的内容了。"

艾尔可为他倒上咖啡，我把椅子拉过来坐下。"完全没想到你会回来。"我轻轻抚摸她的肩膀。"出差顺利吗？"

她站起来走了出去。

"情况不妙噢。"卡明斯基说。

"您先等一下。"说完我也跟了出去。

我在门厅处拦住了艾尔可,我们一起走进客厅。

"你无权再回到这里!"

"我当时走投无路了。你又刚好不在,而且……总之,会有很多人高兴看到我带着曼努埃尔·卡明斯基去见他们的。"

"那你就该带着他去他们那儿。"

"艾尔可!"我轻唤着她,伸手握住了她的肩膀。我向前一步,更靠近她一些。她看起来有点陌生,好像变得更年轻了,在她身上一定发生了些什么。她用闪亮的眼眸凝视着我,额前垂着一缕发丝,恰好挂在嘴角。"别这样!"我轻声细语地说,"是我,塞巴斯蒂安。"

"如果你想勾引我,至少要先刮刮胡子吧。你不该穿着睡衣的,也不该让'鲁本斯'等在一边,等着你带他去找初恋情人。"

"你怎么知道的?"

她挣开我的手。"他自己说的啊。"

"不可能,他不愿意说这件事的!"

"也许是不愿意跟你说。他反而让我觉得，这是他唯一想谈的事。我也不期待你能注意到，不过他的情绪非常激动。"她用奇怪的眼神看着我。"我就问你，你到底想干什么？"

"这样我才有机会和他单独相处，而且我需要那部分情景来当书的开头，或者是结尾，我还没想好。唯有这样我才能知道，当初究竟发生过什么事。"我第一次能好好和她说话了。"我真的没想到事情会变得这么复杂。每个人说的都不一样，太多细节都被大家遗忘了，甚至所有人说的都互相矛盾。在这种状况下，我怎么找到任何一点真相呢？"

"也许你根本就不该去找。"

"所有事情都拼不起来。他和人们对我说的完全不一样。"

"因为他已经老了，巴斯蒂安。"

我揉了揉自己的太阳穴。"你说我也许还有一次机会。是什么意思？"

"问他啊。"

"为什么要问他？他已经老糊涂了。"

"要是你这么想的话。"她转过身去。

"艾尔可，真的要这样结束吗？"

"对，该结束了。但这并不悲惨，也不严重，甚至都没什么值得难过的。对不起，我本来期望用更委婉的方式和你说的，但我发现那样根本没法让你搬出去。"

"这就是你的最后一句话了？"

"我的最后一句话已经在电话里说过了，现在这些根本都是废话。叫出租车送你们去火车站。我一小时以后回来，希望到时候你们已经走了。"

"艾尔可……！"

"不然我真的要叫警察了。"

"那个瓦尔特呢？"

"瓦尔特也会的。"她念叨着向外走去。我听见她小声与卡明斯基说了几句话，随后大门砰的一声关上。我揉揉眼睛，走向客厅的桌子，从艾尔可的烟盒里抽了一根烟，思考着自己应不应该痛哭一场。我把烟点燃，搁在烟灰缸上，注视着它一点一点化为灰烬。我感觉好多了。

我走回厨房。卡明斯基手上拿着铅笔和本子。他把头靠在自己的肩膀上，嘴巴微张着，好像正在做梦，又或者是听人讲话。过了一会儿我才发现，他是在画画。

他的手徐徐划过纸面，食指、无名指、小指都伸开着，拇指和中指夹住铅笔。他来来回回，毫无停顿地绘出一条螺旋线，在几个不起眼的小地方添了细细的波浪。

"我们要出发了吗？"他问。

我在他身旁坐下。他的手指弯了一下，纸中央出现了一个小黑点。接着他晃动手腕，快速拉出几根线条，然后把本子搁在一旁。我再仔细一看，发现那个小黑点已经变成了石头，螺旋线变成石头打在沉静水面激起的涟漪，水花四溅，水面上甚至还勾勒出了树的倒影。

"画得真好。"我说。

"您也能画出来的。"他撕下了那一页，收起来，把铅笔和本子递给我。他伸过来握住我的手。"您随便想象一个东西，简单一点的。"

我想到小孩子画的那种房子。两扇窗户，一个屋顶，一根烟囱，一扇门。我们两个的手开始移动。我看着他：尖尖的鼻子，高挑的眉毛，听见他呼吸时口哨似的呼吸声。我的视线又回到纸面上。屋顶已经画好了，淡薄的阴影，像覆着一层白雪，或是藤蔓，然后是一面墙，一扇开着的百叶窗，接着是一个小小的人形，三笔而就，用双臂支撑着探出身来，现在只剩下门了。我突然意识到，这可是原始的手稿啊，只要我想办法让他在上面签上名，绝对能卖个好价钱。门画歪了，接着是第二面墙。这笔钱应该足够我买辆车了。第二面墙的线条没有延伸到屋顶，铅笔往下，落到了纸页的边缘角落，突破了常规。卡明斯基松开了手。"怎么样？"

"还好吧。"我失望地说。

"我们要出发了吗？"

"当然。"

"又是坐火车？"

"火车？"我思量着。车钥匙肯定还在我的长裤口袋里，车就在我昨天停的位置，艾尔可一个小时以后才回来。"不，今天不坐火车了。"

12

　　我决定开上高速公路。收费站的工作人员拒收我的信用卡，我问，他这种"体面"的工作有什么可装腔作势的？他回答，我应该赶紧交钱，走人。然后他拿走了我身上仅剩的现金。我猛踩油门，引擎的驱动力轻轻将我甩在椅背上。卡明斯基摘下眼镜，又吐了口痰，不久便沉沉睡去。

　　他的胸口有节奏地上下起伏着，嘴巴张开着，脸上明显胡子拉碴的：我们两个都两天没刮过胡子了。他开始打鼾。我拧开收音机，爵士钢琴家弹得越来越快，卡明斯基的鼾声也越来越低沉，我把音量开得更大。好极了，他现在睡着，下午就不必找旅馆，我们也就可以尽快开车赶回去，我打算把车还给艾尔可，如果她依旧固执已见，我会取走我的行李，然后带卡明斯基坐火车回去。我需要的东西都已经有了，现在只剩下一场重头戏：卡明斯基与特蕾莎的盛大重逢，而且是在我这个挚友兼传记作家的见证下。

我关掉收音机。分界线飞速朝我们划过，我超过了右边两辆卡车。所有的一切，我沉思着，都是他的故事。他已经亲身经历过的故事，而我并未存在于任何一段里。鼾声突然中止，就如同他能读出我的心思。这是他的人生，那我的呢？他有他的故事，我有过吗？一辆奔驰开得实在太慢了，我不得不绕开到紧急停车道。我使劲按喇叭，切换到左边，逼着它减速让路。

"但我总得有个地方去啊。"

我说出声了吗？我甩了甩头。的确如此，没错，我总得有个地方去，必须做点什么，这就是问题所在。我把烟捻灭。这个问题一直都在。周遭的景象已经大不相同，早就看不到小山丘了，村落和道路也不见了，我竟有种感觉，我们正在穿越时光隧道，回到过去。离开高速公路，好一会儿，我们穿过森林，触目所及满是树干与繁枝茂叶交错的树影。再往后就只有平原了。

我多久没见过海了呢？我惊讶地发现，原来自己是期待着海的。我踩下油门，有人按喇叭。卡明斯基被惊醒，用法语说了些什么，旋即复又沉睡过去，口水从嘴角淌了下来。总算出现了一些红色砖墙的房屋，在那里就已经看到路标了。一位女士正昂首阔步地过马路。我停车，摇下车窗向她问路。她扬了扬下巴，给我指点了方向。卡明斯基醒过来，咳嗽发作，上气不接下气。他拭去嘴角的口水，问我，"我们到了吗？"

我们开着车把村子的大街小巷绕了一遍。门牌号的排列毫无顺序可言，我沿着一条路整整开了两圈，才终于找到正确的那一家。我把车停好。

我跨出车门，微风凉爽。恐怕那不是我在幻想，而是真的能闻到大海将近的气息。

"我来过这儿吗？"卡明斯基问。

"应该没有吧。"

他把拐杖杵在地上，企图站起来，发出吃力的呻吟。我绕到车的另一侧去帮他。他的嘴扭曲了，眉头深蹙，看起来好像很错愕，几近惊慌的模样，我从来没见过他这样。我蹲下来，帮他系好鞋带。他舔了舔嘴唇，拿出眼镜，用了好一阵功夫才戴上。

"当初我以为自己活不下去了。"

我吃惊地看着他。

"死了反而更好，其他的都是错误。继续活下去，好像还有什么值得活似的，好像自己还没死去。后来的事情她在信里都言中了。她总是更聪明的那个。"

我打开包，摸出录音机。

"有天早晨，那封信突然就来了，如此而已。"

我的拇指摸到了录音按钮，按了下去。

"人去楼空，您绝对不曾遭遇过那样的事。"

不知道录音机隔着皮包还能不能录下声音？

"为什么您会认为，我就一定没遭遇过这种事？"

"人总是以为，他拥有一种生活。但是忽然一下子，什么都没了。艺术失去意义，一切都是幻象。就算知道是这样，但还得继续活下去。"

"我们进去吧。"我说。

一间再平凡不过的房子：两层楼，尖房顶，百叶窗，房前有个小花园。看不见太阳，透亮的云朵徐徐飘过。卡明斯基呼吸艰难，我忧心忡忡地看着他，按下了门铃。

我们等着。卡明斯基下颏又动了动，手掌不断揉搓着拐杖的握柄。如果家里没人要怎么办？我怎么没预想到这一点。我又按了一次门铃。

再试一次。

一个胖胖的老头开了门。茂密的白发，一只大圆鼻子，身着一件邋里邋遢的羊毛衫。我看了卡明斯基一眼，他一言不发，有点驼背地站在那里，手持拐杖，头低垂着，像是在仔细倾听。

"地址也许搞错了。"我说，"我们来拜访莱辛女士。"

胖老头没有回话。他皱起眉头打量我，又看了看卡明斯基，再看向我，似乎是在等我们说明来意。

"她不住在这里吗？"我问。

"她知道我们要来的。"卡明斯基说。

"也没有那么确定。"我说。

卡明斯基转向我。

"我们通过电话的，"我说，"但也不能完全肯定，我是不是表达得足够清楚。我是说……差不多应该是彼此有所认同，但是……"

"带我回车上去。"

"您不是认真的吧！"

"带我回车上。"还从没听到过他这样说话。我惊愕地张开嘴又闭上。

"还是请进吧！"老头说，"你们是小苔仙[1]的朋友吧？"

"可以这么说。"我回答。小苔仙？

"我叫霍尔姆。小苔仙和我是……嗯，就是，我们在一起，共度晚年。"他爽朗地笑了笑。"小苔仙在里面。"

卡明斯基扶着我的手臂，似乎不愿意移动。我轻轻拉着他往门的方向挪。每走一步，他的拐杖就重重地在地上杵一下。

"往前走！"霍尔姆说，"东西请放在这里！"

我愣了一下，我们没有任何东西可以放的。一间狭窄的门厅，地上铺着带花纹的地毯，脚垫上印着"欢迎光临"，三个钩子上挂满了半打羊毛衫，地上排满鞋子。一幅日出之景的油画，画面下方还有一只只调皮的兔子在花丛中玩闹。我拿出录音机，趁无人注意放进外套口袋里。

"请随我来！"霍尔姆说，引我们走进客厅。"小苔仙，猜猜谁来啦！"他转过头看着我们，"不好意思，您

---

[1] 苔仙(Theschen)，特蕾莎(Theresa)的昵称，德语中昵称常常变音并以"chen"结尾，类似于昵称前的"小"字，故译作"小苔仙"。

183

的名字是？"

我等着他自己回答，但卡明斯基缄默不语。"这位是曼努埃尔·卡明斯基。"

"是你以前的朋友，"霍尔姆说，"你还记得吗？"

房间非常明亮，有好多扇大窗户。碎花窗帘，条纹壁纸，一张圆形餐桌，以及一个橱柜，柜子的玻璃后面摆满瓷盘，沙发前方是电视，安乐摇椅和茶几，墙边挂着电话，电话旁有张老夫妻的合影，以及一幅波提切利[1]的《维纳斯的诞生》[2]的复制品。安乐摇椅上坐着一位老妇人。脸很圆，满面褶皱与细纹，头发挽成一个白色的发髻。她穿着一件胸前绣花的玫瑰色针织开衫，下半身是格纹裙，脚上踏着一双长毛绒拖鞋。她关掉电视，困惑地打量着我们。

"小苔仙有点耳背，"霍尔姆说，"你以前的——

---

[1] 桑德罗·波提切利(Sandro Botticelli, 1445—1510)，15世纪末佛罗伦萨著名画家，欧洲文艺复兴早期佛罗伦萨画派的最后一位画家，意大利肖像画的先驱。擅于表现宗教题材，而且把世俗精神带进画面，用人文主义思想表现宗教意旨。同时又极注重运用写实技法，在人体结构和透视画法上都达到了很高水平。

[2] 《维纳斯的诞生》(La Nascita di Venere)，作于1485年，是波提切利的代表作。此画表现女神维纳斯从爱琴海中浮水而出，风神、花神迎送于左右的情景。现存于意大利佛罗伦萨乌斐齐美术馆(Galleria degli Uffizi in Florence)。

朋友——卡明斯基！你还记得吗？"

她盯着天花板，始终保持着微笑。"当然啦。"她点点头，发髻随之微颤。"布鲁诺公司的同事嘛。"

"卡明斯基！"霍尔姆大声说。

卡明斯基用力捏紧我的手臂，弄得我很疼。

"噢！上帝啊！"她惊呼，"是你？"

"是的。"他回答。

几秒之间，一片沉默。她瘦小的、枯木般的手不断在遥控器上摩擦。

"我叫塞巴斯蒂安·策尔纳。我们通过电话的。我跟您说过，我们迟早会……"

"来块蛋糕怎么样？"

"什么？"

"咖啡还要现煮。请坐吧！"

"非常感谢您。"我说。我想把卡明斯基领到沙发这里坐下，但他一动不动。

"我听说你成名了。"

"正如你的预言。"

"我说了什么？天呐，你们请坐呀。那是多久以前的事了!"她示意我们在空位上坐下,手指都没抬一下。我又试图拉他过来,卡明斯基依旧不肯动。

"您二位是什么时候和她认识的?"霍尔姆问,"肯定是很久以前的了吧,小苔仙从来都没提起过。她人生的阅历可丰富了!"她不好意思地笑了笑。"真的,我说得一点都不夸张,你不需要脸红啊!结过两次婚,生了四个小孩,有七个孙子。这很了不起,难道不是吗?"

"是啊,"我说,"很了不起。"

"你们这样站着,搞得我很紧张,"特蕾莎说,"站着多不舒服。你脸色看起来不太好,米盖尔[1],坐下。"

"叫我曼努埃尔!"

"好,好,坐下嘛!"

我费尽全力把他往沙发前面推,他迟钝地往前挪,摸到沙发的扶手,慢慢坐下。我坐在他身旁。

"首先,我有几个问题,"我说,"我想知道……"

电话铃响起。她拿起听筒就喊"打错了!",然后

---

[1] 曼努埃尔的昵称。

186

挂断。

"邻居家的孩子，"霍尔姆解释道，"老是喜欢装成各种声音打电话来，还以为我们发现不了呢。他们找错人了！"

"找错了。"她嘲笑着。霍尔姆走了出去。我期待着，看他们两个人谁会先开口？卡明斯基驼着背，在那里坐着，特蕾莎面露微笑，一直把玩着自己的衣角，当中有一次她不经意地点了点头，似乎想起了什么有趣的事情。霍尔姆，端着托盘又回来了，上面有盘子和叉子，和一个扁平的咖啡色蛋糕。他切了几刀，随后递给我一块。这蛋糕烤得也太干了，简直嚼不动，更别说想要咽下去。

"那么，"我清了清嗓子，"自从离开之后，您都做了些什么呢？"

"离开？"她问。

"是的，离开！"卡明斯基重复了一遍。

她干笑了一声。

"您突然之间就消失了。"

"听起来很像小苔仙的作风。"霍尔姆说。

"我上了火车，"她慢悠悠地说，"去往北方的火车。我找了份秘书的工作，生活很孤独。我老板叫索姆巴赫，他让我做速记，但他总是讲得飞快，我还得帮他润色。后来我遇见了乌韦，两个月以后我们就结婚了。"她盯着自己干枯的双手，手背上都是突起的血管。她脸上的笑容瞬间消失，眼神也变得尖锐起来。"你还记得那个可怕的作曲家吗？"我看看卡明斯基，他似乎不知道她指的是谁。特蕾莎的神情渐渐缓和下来，微笑再度浮现。"你把咖啡给忘了。"

"哎哟喂！"霍尔姆叫了一声。

"您不用忙活了。"我说。

"越是不想要的人，越是已经得到了。"他说完这话，继续坐着。

"我们生了两个孩子。玛丽亚和亨利希。你认识他们的啊。"

"我怎么会认识他们？"卡明斯基问。

"乌韦出了场车祸。一个醉酒驾驶的人迎面撞上了他，他当场就没气了，没有什么痛苦。"

"这点很重要。"卡明斯基低语。

"这是最重要的。听到消息的时候，我还以为自己活不下去了。"

"别听她这么说，"霍尔姆道，"其实她很坚强。"

"两年后，我嫁给了布鲁诺，跟他生下了艾娃和萝拉。萝拉就住在前面，隔壁那条街。你们笔直开过去，第三个路口左转，下一个路口再左转，然后就到了。"

"去哪儿？"我问。

"萝拉家啊。"又是十几秒的沉默，我们看着彼此，完全被搞糊涂了。"你们不是要去那里吗？"电话铃又响了，特蕾莎接起来，大吼了一声"打错了！"，再次挂断。卡明斯基松开了手，拐杖应声倒地。

"不知道您从事的是……？"霍尔姆问。

"他是艺术家。"我回答。

"原来如此！"霍尔姆的眉毛挑得很高。

"他很有名。看报纸不要只看体育版，他很了不起。"

"那是很久以前的事了。"卡明斯基说。

"那些镜子，"特蕾莎道，"多阴森啊。那是第一次，你画出的东西不那么……"

"最让我生气的，"霍尔姆说，"就是那些让人根本看不懂的画。您不画那种东西的，是吧？"我来不及回绝，他又往我的盘子里添了一块蛋糕，差点掉下盘子，撒得我浑身都是蛋糕屑。霍尔姆说，他自己是做药草制品的，开了一家小型工厂，生产沐浴乳、花草茶、专用于肌肉疼痛的软膏。如今类似的东西已经很少了，但人们必须得接受事实，会发生这样的衰落，总是要在东西的本质上找原因的。"东西的本质！"他又高声强调了一下。"您确实不想喝咖啡是吧？"

"我一直很想念你。"卡明斯基说。

"已经是那么久以前的事了。"她说。

"我曾经问过自己……"卡明斯基话说到一半，却忽然哽住了。

"什么？"

"没什么。你说得没错。都是那么久以前的事了。"

"到底是什么？"霍尔姆问，"您把话说完啊！"

"你还记得你写的那封信吗？"

"你的眼睛究竟怎么回事？"特蕾莎问，"你是个艺术家，这不是很严重吗？"

"你到底记不记得那封信！"

我弯腰捡起拐杖，塞回到他手里。

"要怎么记得？我当时还那么年轻。"

"所以呢？"

特蕾莎的脸上掠过一丝在思索的神情。"我什么都不知道。"

"不至于那么少吧。"

"这一点上我就有话要说了，"霍尔姆说，"每当我问起小苔仙……"

"您还是别说话的好！"我说。他倒吸了一口气，看着我。

"不是这样的，曼努埃尔，我真的一点都不记得了。"她扬起嘴角，眉间完全舒展开来。她把遥控器放在手中来回转动，手指却已僵直得难以弯曲。

"最精彩的故事您根本不知道，"霍尔姆说，"小苔仙七十五岁生日那天，所有人都来了，儿女们和孙子们，终于全部到齐了一次。大家唱完《她是个快乐的好姑娘》[1]，大蛋糕就……"

"整整七十五根蜡烛。"她说。

"其实也没有那么多，因为地方不够。您知道她说了什么吗？"

"就是七十五根啊！"

"我们得走了。"卡明斯基说。

"您知道她说了什么吗？"这时门铃响了。"咳，怎么会？"霍尔姆站起来，走到门厅，隐隐约约听得见他在门口与人交谈，语气很急促。

"为什么你一次都没有来找我？"特蕾莎问。

"多米尼克说你死了。"

"多米尼克？"我不解，"您不是说不认识他吗？"卡明斯基皱起眉头，特蕾莎意外地看着我，他们刚刚似乎已经忘了我还在这里。

"他真的是这么说的？"她问，"为什么？"

卡明斯基没有作答。

"那时我太年轻了，"她说，"谁都做过可笑的

———————
[1] 改编自英国民谣 "For He's a Jolly Good Fellow"。

事。当时的我是另外一个人。"

"你的确是。"

"你那个时候看起来也很不一样。你以前更高……，充满活力。只要跟你在一起稍微久一点，我就会头晕目眩。"她一声叹息。"年轻是一种病。"

"理智在发烧。"

"拉罗什富科[1]说的。"她轻轻地笑了笑，一瞬间卡明斯基也跟着笑了起来。他屈身凑上前去，用法语说了些什么。

特蕾莎微笑着。"不，曼努埃尔，对我来说不是那样。事实上，所有的一切从那以后才开始。"

两个人又沉默了一阵。

"你到底说了什么？"卡明斯基声音沙哑地问，"在你生日那天。"

"要是我还记得就好了！"

霍尔姆回来了。"她不肯进来，说要在外面等。您要喝咖啡吗？"

---

[1] 拉罗什富科(François VI, duc de La Rochefoucauld, 1613—1680)，法国箴言作家。

"时间不早了。"卡明斯基说。

"真的有些晚了。"我说。

"可你们才刚来啊!"

"我们可以一起看看电视,"她说,"《百万赢家》就要开始了。"

"科勒是个很不错的主持人!"

"报纸上的消息,他快结婚了。"特蕾莎说。

卡明斯基身体往前,向我伸出手,我扶他站了起来。我觉得他似乎还想讲些什么,我等待着,可是他终究没有再开口。他抓住我的那只手显得有气无力,几乎没什么感觉。我察觉到自己口袋里有动静,差点忘了,录音机还在转。我把它按掉。

"你们经常在这附近吗?"霍尔姆问,"一定要再来玩啊!是不是,小苔仙?"

"下次我介绍萝拉给你们认识。还有她的孩子,莫瑞兹和洛塔。他们就住在隔壁那条街。"

"真好。"卡明斯基说。

"您从事的到底是哪种艺术啊?"霍尔姆又问。

我们走向门厅,霍尔姆打开门。我回头,特蕾莎也跟到了门边。"一路顺风，米盖尔！"她说，随后双臂交叉，又说了一遍："一路顺风！"

我们走出房前的小院。街上空空荡荡的，只有一个女人在来回踱步。我发现卡明斯基的手在颤抖。

"开车要当心！"霍尔姆说，然后他关上了门。

卡明斯基停住脚步，举起另一只拄着拐杖的手，捂住脸。"我很抱歉。"我低声说，实在不忍心看他。天气变凉了，我扣上外套。他整个人都重重地靠在我的手臂上。

"曼努埃尔！"我轻轻喊他。

但他没有回答。街上的那个女人忽然别过头，朝我们走来。她身着一袭黑色大衣，头发在风中飞舞。我震惊得松开了卡明斯基的手。

"你为什么不进来？"卡明斯基问。他看起来毫不意外。

"他说你们快聊完了，我不想再进去拖延时间。"米莉娅姆转过来对着我。"现在请您把车钥匙给我！"

"什么？"

"车我开回去就行。我跟车主通了很久的电话。她请我转告您，如果您再惹出什么麻烦，她就去告您偷窃！"

"这可不是偷窃！"

"另一辆车，我们的那辆车，现在已经找到了。在一座休息站的停车场上，车上还留了一封礼貌的感谢信。您要吗？"

"不用！"

她搀扶着她父亲的手臂，我打开车门，她扶他坐进后座。卡明斯基发出一声微弱的呻吟，嘴唇默默地动了动。米莉娅姆使劲甩上车门。我紧张得掏出烟盒，里面只剩最后一根。

"我会把我到这儿来的机票和出租车账单统统寄给您的。我敢跟您保证，绝对贵得吓人。"大风吹乱了她的头发，她的指甲上有明显的咬痕，几乎咬掉甲床了。这种威胁吓不倒我的。我已经一无所有了，她还能从我这里拿走什么！

"我又没做错什么。"

"当然没有。"她撑在引擎盖上。"那里有个可怜的老头，行动完全受控于女儿，对吗？从来没有人跟他说过，他的初恋情人还活着。您只是想帮助他。"

我耸了耸肩。卡明斯基在车里前后摇头，嘴里念念有词。

"就是这样。"

"您以为，我怎么会有这里的地址的？"

我疑惑地看着她。

"我早就知道了，十年以前我就来拜访过她了。当时她把他的信交给我，然后我把那些信撕了。"

"您……什么？"

"这是他想要的。我们一直都知道，早晚有一天，会有像你这样的人出现。"

我又后退了一步，感觉栅栏就在我身后。

"其实他希望永远都不要再见到她了，但手术之后他变得非常多愁善感。他求过我们每个人，我、博戈维奇、克鲁尔，每个他认识的人。他也不认识更多的人了，我们大家只想帮他省去这个麻烦。您一定是跟他说了什么，才会又勾起他的这个念头。"

"您想帮他省掉什么麻烦？跟这个傻老太婆重逢的麻烦？还是碰见那种蠢货？"

"那个蠢货是个聪明人，我猜他只是想为那种局面解围。您不知道曼努埃尔有多容易哭，又有多爱哭。您也不知道情况会变得有多糟糕。而这个老太太，好多年以前，她让自己好不容易摆脱了他，她过上了自己的生活，曼努埃尔对她的生活来说已经毫无意义。"她皱起眉头。"这没几个人能做到。"

"他身体虚弱又有病，再也操纵不了任何人。"

"操纵不了？您说他被关在监狱里，我忍不住都想笑。但是听您这么一说，我就知道，您跟我们一样，都被他玩弄在股掌之中了。难道您不是在他的怂恿下偷了两辆车的吗？难道您不是在他的怂恿下，带着他穿越大半个欧洲来到了这里？"

我扯下叼在嘴唇间的烟。"我再说最后一次，我没有……"

"他有没有告诉您那份合同的事？"

"什么合同？"

她回过头，我第一次看出，她跟她父亲的相似之处。"我记得那个人叫贝林。汉斯·贝林……"

"巴林？"

她点点头。"汉斯·巴林。"

我伸手扶住了栅栏，一枚金属尖刺进了我的掌心。

"他要在杂志上做系列报道。关于理查德·雷明、马蒂斯、战后的巴黎，以及他对毕加索、谷克多[1]和贾科梅蒂[2]的回忆。曼努埃尔跟他谈了好几个小时。"

我甩掉手中的烟。一根连点都还没点着的烟。我使劲握紧栅栏，越来越用力，直到我的极限。

"但这并不代表您在我们家的那番翻箱倒柜就白费了。"我松开手，一道血渍像涓涓细流在我的掌心淌开。"或许我们应该早点告诉您的。但剩下的那些部分还是留给您的，比如他的童年，山中的岁月。还有他晚期的作品。"

"可他晚期没有作品啊。"

"噢，没错。"她说着，仿佛是刚刚才想起。"那

_____

[1] 让·谷克多(Jean Cocteau, 1889—1963)，涉足多个领域的法国艺术家，具有诗人、小说家、导演、画家等等多重身份，是 20 世纪现代主义和先锋艺术史中的重要人物。

[2] 阿尔贝托·贾科梅蒂(Alberto Giacometti, 1901—1966)，瑞士超现实主义和存在主义艺术大师，雕塑家、画家。

就只能是一本薄薄的小书了。"

我努力调整呼吸，让自己冷静下来。我看着车里，卡明斯基的下颌又在磨动了，双手紧紧抓住拐杖。"现在您要到哪里去？"我的声音听起来特别遥远。

"我得先去找间酒店，"她说，"他已经……"

"错过午睡时间了。"

她点点头。"明天我们就返回。我先把车物归原主，然后跟他坐火车回家。他……"

"不坐飞机。"

米莉娅姆笑了。与她四目相对时，我才觉察到，她是羡慕特蕾莎的。她从来没有过自己的人生，她从来没有过卡明斯基那样的人生，她也没有自己的故事，跟我一样。"他的药在车的储物柜里。"

"您怎么了？"她问，"您看起来不一样。"

"不一样？"

她点点头。

"我可以跟他道个别吗？"

她往后退了一步，倚靠在栅栏上，我打开车门。

我越来越觉得膝盖发软，在车里坐着也许会好一些。

我关上门，不让米莉娅姆听见我们的对话。

"我想去海边。"卡明斯基说。

"您跟巴林聊过。"

"他叫巴林啊？"

"您一点都没跟我提起。"

"是个挺友好的年轻人，也很有学问。这很重要吗？"

我点点头。

"我想去海边。"

"我是来跟您道别的。"

"您不跟我们一起走？"

"应该不了。"

"也许您听见这话会吓一跳，但我很喜欢您。"

我不知该怎么回应，他真的让我吓了一跳。

"车钥匙还在您手上吗？"

"怎么了？"

他满脸皱纹，鼻子又尖又瘦，很有标志性。"您不愿意带我去海边。"

"那又怎么样？"

"我从来没去过海边。"

"不可能！"

"小时候没办法，后来我对海也没什么兴趣，在尼斯也只是想去拜访马蒂斯而已。我还以为我有的是时间呢。现在米莉娅姆肯定不愿意带我去。算是惩罚吧。"

我望着站在那边的米莉娅姆。她靠在栅栏上，不耐烦地看着我们。我小心翼翼地从口袋中取出钥匙。

"您确定？"我问。

"确定。"

"真的？"

他点了点头。我又等了一秒才按下中控键，四扇门立马锁住。我插上钥匙，发动引擎，米莉娅姆冲过来抓住门把手。我们起步的时候，她拼命拉扯门把，我徐徐加速。她用拳头追打着车窗，不断重复着同一句话，但我读不懂她的嘴形。她跟在车后面跑了好几步，我从后视镜里看见她停住脚步，放任双臂垂下，目睹着我们的远去。那一瞬间，我觉得她非常可怜，很想把车停下。

"别停车!"卡明斯基说。

马路一直向前延伸,房屋飞速后退,不一会儿我们就出了村子。草原在面前展开,我们已经到了郊外。

"她知道我们要去哪里,"卡明斯基说,"她随后会坐出租车赶过来的。"

"为什么您没有告诉我一丁点巴林的事?"

"他只写巴黎的部分和可怜的理查德,其他一切都由您来写。这不就行了!"

"不,不够!"

前方道路出现一个大转弯,我远远望见了堤岸上一座饶有艺术感的穹顶建筑。我把车开到路边,停了下来。

"怎么了?"卡明斯基问。

"等一下。"说完我跳下了车。在我们背后的远方还依稀可见村落间的房子,我们眼前是堤岸。我将手臂张开,空气里有海藻的味道,海风非常强劲。我应该不会出名了。不会出版书籍,不会去欧根·曼兹的杂志社或其他任何地方工作。我无枝可依，也没有钱，更不知将去往哪里。我深深地吸了一口气。为什么觉得如此轻松？

我坐上车，继续往前开。卡明斯基扶了扶眼镜，"您知道我想象过多少遍这一次的重逢吗？"

"《百万赢家》，"我说，"布鲁诺和乌韦，霍尔姆先生和他的药草制品。"

"还有那幅日出。"

我点点头，回想起那个场景：客厅，壁纸，霍尔姆的扯淡，老太太亲切的面容，以及走廊上的画。"等等，您怎么会知道？"

"知道什么？"

"别装傻。您怎么知道有那幅画？"

"唉，塞巴斯蒂安。"

13

云絮于天际交织出一片薄薄的网。接近沙滩处的海水呈现出灰色,往更远处则几近银色。一把收起的折叠太阳伞插在沙滩上,距离我们一百米的地方,有个男孩正在放风筝。再远一些,一条孤零零的西班牙猎犬不停啃咬着自己的狗链,海风传来了阵阵犬吠。男孩把线抓紧,四角形的布风筝被大风吹得猎猎作响,像是就要被风撕裂。一道木桥向海上展开,夏天时那里肯定有泊船。卡明斯基小心翼翼地走在我身边,步伐一颠一跛,我们的鞋上都沾满了沙子。地上到处都是贝壳碎片。海浪卷来白色的泡沫滚上沙滩,再缓缓消退。

"我想坐下。"卡明斯基说。他又穿上了睡袍,皱巴巴的布料在风里飞舞。我小心地扶他坐下,他伸展双腿,拐杖放在身旁。"真不敢相信,我还没来过海边就要死掉了。"

"您还会活很久的。"

"胡说！"他把头往后一仰，任由海风吹曳他的头发。一个巨浪向我们打来，宛如迎面来的一阵雨。"我就快死了。"

"我还得……"嘈杂的浪涛声让人很难把话说清楚，"……回去一趟。去拿我的行李。"

"那里面有您需要的东西吗？"

我想了想。衬衫、长裤、内衣、袜子，稿子的复印件，一些文具和纸，还有几本书。"我一无所有了。"

"那就扔了吧。"

我直视着他的眼睛。他对我点点头。

我拿出录音机。看着它，夹在指间转动，按下录音键，又关掉，然后把它用力抛出去。眼看它高高飞起，变成一个耀眼的光点霎时间竟如同静止在了空中，又略往高处攀升，接着直直落下，消失在大海中。我揉揉眼睛，嘴唇上有盐的味道。我打开公文包。

我用力把第一盒磁带扔出去，根本扔不远，因为分量太轻了。第二盒我不再那么用力，第三盒则任由它从手中滑落。我俯身看去，看着它在水面上漂浮了一会儿，转眼间一股浪涌来，它随即高涨，下一个浪涌来，将它淹没，最终沉了下去。有几盒在水上漂浮得更久，还有一盒从远处被冲回到沙滩上，几乎就要上岸，却又被下一个波浪带走。终于都不见了。

我深吸一口气。远方有艘驶过的船，我能清晰地看见甲板结构，长长的桅杆，一群海鸥紧随在船后盘旋。我拿出笔记本。

我翻阅着内容，一页接着一页，里面字迹潦草，每一页都记录得密密麻麻，其间有成打从书上和旧报纸上复印下来的资料，许多地方都用红笔标着"标记"。我撕下第一页，揉成一团，然后抛开。撕下第二页，揉成一团，抛开。就这样一页一页一直撕下去。没多久，周遭的海面上就浮满了白色的小球。小男孩收起风筝，好奇地张望着我。

我在衬衫口袋里又摸到一张纸：一堆混乱的线条，其中——我现在终于看清楚了——有个人形。我把纸片收好，又拿出来，再看一遍，又收好，再拿出来，这次松了手。海浪立即将它淹没。小男孩把风筝夹在腋下，慢慢走开了。一艘货船发出巨大的汽笛声，一股浓烟缓缓升起，海风把烟雾吹乱，不一会儿就消散了。湿气浸透了我的外衣，我渐渐地感到冷。

我走回岸边。猎犬已经跑到这边来了。不知道有没有人在找他？我肩膀上的包变得很轻，里面只剩一个相机了。

相机？

我停下脚步，取出相机，掂了掂。里面是他最后的作品，整个系列。我的拇指放在按钮上，只要我按下去，后盖就会弹开，底片即将曝光。

我犹豫了。

但我的拇指仿佛自动从按钮上缩了回来。我慢慢收好相机。明天又是新的一天，我有的是时间来好好考虑。我走向卡明斯基，坐在他身旁。

他向我伸出手。"钥匙！"

我把车钥匙给他。"请您告诉她，我很抱歉。"

"她们两个哪一个？"

"两个都是。"

"现在您要做什么？"

"我也不知道。"

"很好！"

我突然忍不住想笑。我搂了搂他的肩膀。他抬起头来，把手在我的手上搭了好一会儿。"祝您好运，塞巴斯蒂安。"

"您也是。"

他摘下眼镜放在旁边。"祝世上的每个人都好运。"

我站起来，慢慢倒退着往回走，我能明显感受到脚下沙子的阻力。卡明斯基舒展开双手，猎犬没精打采地跑向他，在他身上嗅来嗅去。我转过身，那么多决定。天空低沉，却很辽远。浪花渐渐冲淡了我的足迹。涨潮了。

图书在版编目(CIP)数据

我与卡明斯基/(德)凯尔曼(Daniel Kehlmann)
著;赵兴辰译.—上海:上海译文出版社,2018.1
ISBN 978－7－5327－7509－5

Ⅰ.①我… Ⅱ.①凯… ②赵… Ⅲ.①中篇小说—德
国—现代 Ⅳ.①I516.45

中国版本图书馆 CIP 数据核字(2017)第 105747 号

Daniel Kehlmann
Ich und Kaminski
© Suhrkamp Verlag Frankfurt am Main 2003.
All rights reserved by and controlled through Suhrkamp Verlag Berlin.
Simplified Chinese edition copyright:
2018 SHANGHAI TRANSLATION PUBLISHING HOUSE (STPH)
All rights reserved.

图字:09－2016－532 号

我与卡明斯基
[德] 丹尼尔·凯尔曼 著 赵兴辰 译
责任编辑/杨懿晶 装帧设计/黄 柳

上海译文出版社有限公司出版、发行
网址:www.yiwen.com.cn
200001 上海福建中路 193 号 www.ewen.co
上海景条印刷有限公司印刷

开本 787×1092 1/32 印张 6.75 插页 2 字数 78,000
2018 年 1 月第 1 版 2018 年 1 月第 1 次印刷
印数:0,001—8,000 册

ISBN 978－7－5327－7509－5/I·4582
定价:32.00 元